COLLECTION
Cascade
PLURIEL

MICHEL HONAKER

LE PRINCE D'ÉBÈNE

RAGEOT-ÉDITEUR

Collection dirigée par Caroline Westberg

Couverture : Nicollet
ISBN 2-7002-2392-6
ISSN 1142-8252

L'ARRIVÉE À BALMOUR

Mon arrivée à Balmour, en cette froide matinée d'automne, restera sans doute comme l'un des plus douloureux souvenirs de mon existence. Mais elle marqua aussi, indiscutablement, mon passage de l'enfance à la vie d'homme. Bien sûr, ceci ne m'apparaissait pas très clairement tandis que, brinquebalé en tous sens dans le fiacre qui m'emportait à travers les ruelles tortueuses de la ville, je serrais frileusement mon étui à violon contre moi. Pourtant, je suis forcé de l'admettre : ma vie eût été bien différente si le hasard, ou la chance, ne m'avaient conduit à devenir pensionnaire de la célèbre Académie.

Moi, Luther Sparren, j'avais alors quatorze ans. Mais j'en paraissais moins. Enfant, j'avais été victime d'une longue maladie qui m'avait tenu paralysé au fond d'un lit plusieurs mois durant. Cette éprouvante période, où la musique seule, et les bons soins, les tendres soins de ma mère avaient été mon seul réconfort, avait nui à mon développement naturel. J'appris des années plus tard que j'avais failli mourir et qu'un miracle seul m'avait sauvé.

D'anciens portraits que j'ai conservés montrent un adolescent souffreteux, au teint pâle, aux yeux sombres et mélancoliques, aux cheveux noirs de jais tombant sur les épaules. Et tel étais-je lorsque je découvris, pour la première fois de mon existence, l'agitation frénétique de la grande ville.

Comment décrire Balmour ? Je sais aujourd'hui, pour avoir parcouru le monde, que cette vieille ville noircie par l'histoire et les guerres, soumise plus que beaucoup d'autres aux intempéries et au vent du nord, n'est pas si grande, si démesurée qu'elle m'apparut alors. Mais débarquant tout juste de ma province verdoyante du sud où le paysage éclatait de mille couleurs, où l'émeraude du ciel, au crépuscule, se confondait avec celui des pâturages, ce changement de décor produisit sur moi une vive impression.

Les hautes façades austères, les artères bruyantes, surpeuplées, et la fumée grise bouchant le ciel m'emplirent d'une indicible nostalgie et je dus me faire violence pour ne pas supplier le cocher de me ramener à la gare sur-le-champ. Mais quoi ? Avais-je fait toute cette route pour m'en retourner, découragé par une première impression, alors que mon but suprême se rapprochait à chaque tour de roue ?

En haut d'une côte, le fiacre stoppa. J'étais arrivé. Je réglai la course en prenant sur le maigre pécule que m'avait confié mon père. Le cocher jeta mon bagage sans guère de précautions et fouetta ses chevaux.

L'Académie de violon avait élu domicile à l'écart de la ville, dans un vieux manoir lugubre flanqué d'une tour crénelée qui évoquait encore l'époque révolue des sanglantes batailles et de la domination seigneuriale. Dans la clarté maussade du couchant, ses murailles hautaines se dressaient comme un défi sur la colline dominant la bourgade.

Je poussai la grille et actionnai le cordon. Le son grave d'un carillon se répercuta dans la maison. Il s'écoula une bonne minute avant que le judas ne s'ouvrît soudain. Le faciès d'un vieil huissier apparut.

– File d'ici, toi ! On ne donne rien aux pauvres !

Cet accueil me glaça. Sans doute mon manteau défraîchi, mes chaussures crottées par le voyage et mon visage noirci par la fumée – j'avais voyagé en troisième classe – devaient me donner l'apparence d'un nécessiteux.

– Je suis Luther Sparren, monsieur. J'ai annoncé mon arrivée pour aujourd'hui.

Le vieux bonhomme revêche m'examina des pieds à la tête et finit sans doute par comprendre sa méprise en avisant mon étui à violon. Il se décida enfin à entrebâiller la grande porte, qui se referma derrière moi avec un bruit sec. J'entrai dans un grand hall éclairé par des candélabres, impressionné par la sévérité des hauts murs gris. Il faisait froid. La clarté du jour finissant filtrait à peine par les croisées étroites et dépolies. L'huissier se rassit derrière son comptoir surélevé, qu'encombraient des piles de documents. Il se pencha vers moi, souleva un sourcil broussailleux, et demanda d'un ton bourru :

– Comment dis-tu t'appeler ?

– Luther Sparren, monsieur. Je suis nouveau.

Je tendis la lettre d'introduction que M. Jarvis, mon ancien professeur, m'avait confiée. J'en connaissais le contenu par cœur, pour l'avoir si souvent lue et relue le soir avant de m'endormir, à la lueur d'une bougie. L'huissier la parcourut avec une moue, puis il me la rendit en me dévisageant avec un certain étonnement.

– Bien. Montez voir M. Simpleton.

– Qui est M. Simpleton ?

– M. Simpleton est le directeur, répondit-il, offusqué. Et laissez vos bagages ici.

Je conservai toutefois mon étui. Dans l'escalier, je croisai un groupe de jeunes gens distingués qui bavardaient. Ils étaient sensiblement de mon âge, mais leur maintien, leur élégance les vieillissaient. Ils portaient cravate de soie, guêtres à leurs chaussures et montre à leur gilet. Parmi eux, il y avait une jeune fille blonde, aux yeux très bleus. À mon approche, ils se turent et me dévisagèrent avec curiosité. Je les saluai.

Un instant plus tard, je frappai à une grande porte de chêne sur laquelle une plaque dorée indiquait : Oliver Simpleton, Directeur. Une voix grave m'invita à entrer. M. Simpleton était penché sur sa table de travail. Je ne distinguai d'abord de lui que le sommet de son crâne dégarni, cerné de cheveux blancs impeccablement lissés. Il semblait occupé à quelque importante tâche administrative. C'est à peine s'il remarqua ma présence.

– Je suis Luther... Luther Sparren, monsieur le directeur... bredouillai-je. Je... Je viens d'arriver... Je vous ai écrit pour prévenir de...

Il leva une main pour m'intimer le silence. Je restai donc planté là, mon étui à la main, promenant mon regard sur les murs. Au-dessus du bureau trônait un portrait en pied aux teintes ocre et cendre, représentant un jeune cavalier en costume de chasse rouge vif galonné d'or. Il avait un port noble, non dénué d'une certaine condescendance. Ses traits étaient durs, quoique fièrement dessinés. Les yeux noirs, profondément enfoncés dans les orbites, inspiraient une crainte irrépressible. Les lèvres fines, sévères, formaient un pli cynique. J'ignorais qui pouvait être ce personnage, mais il ne m'apparut pas très sympathique.

Mal à l'aise, je préférai m'attarder sur les lithographies de compositeurs célèbres qui ornaient les autres murs. Parmi celles-ci, je reconnus le visage familier de Palkushi. Violoniste surdoué et compositeur du siècle passé, il était depuis toujours mon idole et j'avais travaillé grande quantité de ses œuvres au lyrisme tourmenté et rêveur. J'en avais fait mon modèle.

J'allais étouffer un bâillement lorsque je m'aperçus que M. Simpleton me fixait.

C'était un grand vieillard au maintien aristocratique, aux petits yeux noirs mobiles et pénétrants. Ses cheveux blancs rejetés en arrière aiguisaient encore son visage en lame de couteau. Je lui trouvai un air de famille avec le portrait du cavalier en habit de chasse.

– En effet, M. Sparren, déclara-t-il comme s'il avait deviné ma pensée, ce personnage est un lointain cousin à moi. Il n'est autre que William Darkshore, le fondateur de notre vénérable institution. C'était un seigneur, descendant d'une noble famille, grand amateur d'art, et de musique tout spécialement. Il jouait lui-même du violon, et fort bien, à ce que l'on dit. Il désirait que cette Académie accueille les meilleurs violonistes. Et moi qui appartiens à sa glorieuse lignée, je veille à ce qu'il en soit bien ainsi.

– Je... Oui, monsieur le directeur.

M. Simpleton me détailla avec sévérité.

– Voici donc M. Luther Sparren ? J'ai en effet reçu votre lettre, et j'ai également pris des renseignements sur votre compte. On raconte que vous êtes un jeune élève plein de promesses. Sachez qu'il m'a coûté d'agréer votre demande d'admission. Je n'aime guère les provinciaux. Et si ce n'était la bourse royale que l'on vous a octroyée... Ne vous attendez à aucun traitement de faveur. Voyez-vous, M. Sparren, nous enseignons à des dizaines de jeunes virtuoses, formés par les plus grands conservatoires. Ils sont l'élite et viennent des quatre coins du monde trouver ici, durant une seule année, les perfectionnements ultimes qui font encore défaut à leur formation. Car nous avons les meilleurs professeurs. À l'issue de ce séjour, un concours départage les meilleurs. Je suppose que vous en avez déjà entendu parler.

– Bien sûr, monsieur. Je rêve d'y participer.

– Il ne suffit pas d'y participer, Sparren. Il faut y figurer honorablement, et si possible le gagner. La sélection est impitoyable. Pour cela, vous devrez travailler d'arrache-pied. Oui, M. Sparren : c'est l'épreuve suprême, celle qui désigne les meilleurs de toute la promotion, les grands maîtres de demain. Chaque concurrent se présente avec son propre instrument. Il propose un morceau de son choix et un jury d'éminents spécialistes tranche. La Reine en personne assiste à cette joute.

Il marqua une pause, comme s'il voulait me laisser le temps de mûrir tout ceci.

– Je vais être franc avec vous, M. Sparren. Nous avons eu par le passé maintes fois l'occasion d'accueillir de ces jeunes prodiges de province qui bénéficiaient comme vous d'une bourse royale et arrivaient en conquérants. Aucun n'a tenu ses promesses. Si vous sentez dès à présent que la tâche est au-dessus de vos forces, ne vous obstinez pas et quittez cet établissement.

Il plongea son regard dans le mien, cherchant à sonder mes intentions. Qu'espérait-il donc ? Que je m'enfuie en courant ?

– Je suis ici pour donner le meilleur de moi-même, répondis-je. Je mesure parfaitement l'honneur qui m'est fait en étant accepté dans cette Académie. Je m'efforcerai de m'en montrer digne.

– C'est curieux. Vous ne parlez pas comme un paysan.

– J'ai beaucoup étudié.

– Montrez-moi votre lettre d'introduction...

Je la lui tendis, cette lettre sur laquelle j'avais fondé tant d'espoirs, qui, à la lueur de ma bougie, m'avait semblé le sésame pour la gloire... Elle reprenait soudain entre ses mains sa vraie valeur : la supplique tremblante et respectueuse d'un humble maître de village au directeur de l'Académie la plus fameuse au monde. À peine s'il y jeta un œil.

– Moui. J'espère que ce bon M. Jarvis a mesuré tous les risques, qu'il n'a pas placé à tort sur vos épaules une trop lourde charge. J'espère que vous avez un instrument. Chaque étudiant doit avoir le sien. C'est celui avec lequel il se présentera au concours. Vous devez savoir que nous n'en fournissons pas.

– J'en ai un, répondis-je fièrement en présentant mon étui.

M. Simpleton esquissa un étrange geste de recul. Il se saisit d'un archet et s'en frappa la paume de la main comme s'il s'agissait d'une cravache.

– Soit. Puisque vous êtes des nôtres, il est bon que je vous informe des règles de vie qui régissent notre établissement. Maîtres mots : discipline et travail. Pour tout manquement à la règle, il n'existe qu'une sanction : le renvoi. Appartenir à notre institution doit être considéré par vous comme un privilège. En tout lieu, en toute circonstance, veillez à ne pas l'oublier et à vous montrer digne de la confiance qui vous est accordée. Me suis-je bien fait comprendre ?

– Oui, monsieur le directeur. Quand dois-je commencer ?

– Votre professeur sera le maestro Leopold Konius. Je suppose qu'il souhaitera vous voir dès demain matin à huit heures. Profitez de l'après-midi pour vous trouver une place au dortoir et faire connaissance avec les lieux. Ne manquez pas de vous renseigner auprès de vos camarades en ce qui concerne les détails de la vie courante. J'espère que vous vous montrerez digne de notre confiance, M. Sparren. C'est tout.

Je sortis du bureau, tremblant, la gorge sèche. Tel fut mon premier contact avec le vénérable établissement. Je n'étais pas au bout de mes surprises...

LE PREMIER SOIR

Le dortoir réservé aux garçons était une grande salle ménagée sous les combles. Une vingtaine de lits étaient alignés de chaque côté d'une allée centrale soigneusement dégagée. Le confort était spartiate, l'intimité inexistante. Le vent sifflait sous les tuiles et il n'était pas rare que la pluie ruisselle par quelque fissure dans la charpente. Dans un coin, un vieux poêle s'époumonait en vain : l'air était glacial.

À mon entrée, tous les regards se tournèrent vers moi. Les conversations, jusqu'alors animées et bruyantes, firent place à un silence hostile. Des sourires entendus apparurent sur les lèvres. Les pensionnaires s'écartèrent de mauvaise grâce sur mon passage. La seule couchette encore libre occupait le fond de la pièce. Elle était en piteux état, mais je n'avais pas d'autre choix.

En guise de bienvenue, une caricature peu flatteuse de ma personne avait été épinglée sur le matelas. À coup sûr, le bruit de mon arrivée avait déjà couru dans tout l'établissement. J'entendis des rires et des moqueries dans mon dos. Comme si de rien n'était, je défis mon maigre bagage. Une main se tendit vers moi. Je levai les yeux, sur la défensive.

– Salut. Je m'appelle Perry.

Perry était un garçon grassouillet, aux yeux malicieux qui se plissaient jusqu'à disparaître sitôt qu'il souriait, ce qui lui arrivait souvent. Mais il n'y avait pas l'once d'une méchanceté en lui. Je serrai la main tendue.

– Luther Sparren.

– Nous sommes pays, tu sais.

Ce n'était pas vraiment exact. Il venait d'une province voisine de la mienne, mais cela contribua à sceller rapidement notre camaraderie.

– Ne t'en fais pas. Tous les nouveaux sont traités à la même enseigne. Moi, j'ai eu droit au sac de farine et au baquet d'eau. J'avais l'air d'une pâte à tarte. Le plus féroce, c'est Malcolm et sa bande.

– Qui est Malcolm ?
– Malcolm Fraser, surnommé « le Vénéré Malcolm ». Tu ne vas pas tarder à faire sa connaissance à mon avis. Il aime bien faire savoir aux nouveaux à qui ils doivent allégeance.
– Je ne dois allégeance à personne.
– Tu changeras peut-être d'avis. Est-ce que tu veux voir mon violon ?
J'acquiesçai. Perry avait raison d'être fier de son instrument. Il brillait de tous ses feux dans son écrin de velours rouge.
– Le mien n'est pas si beau, dis-je.
– Ça ne fait rien. C'est la façon d'en jouer qui compte. Et je suis sûr que tu es doué.
J'appréciai sa gentillesse.
– Pour entrer ici, ajouta-t-il, il n'y a que deux façons : venir d'une famille riche, ou être un prodige. Apparemment, tu n'appartiens pas à la première catégorie.
– Ça se voit tant que ça ?
– Ben... Ne le prends pas mal...
– Et toi, comment as-tu été admis ?
– Je suis d'une famille riche, répliqua-t-il avec malice.
Perry ne se faisait guère d'illusions sur sa carrière de violoniste. D'ailleurs, il m'avoua sans peine qu'il n'était pas dans ses intentions de courir le monde en donnant

des concerts. La musique n'était pour lui qu'un agréable moyen de tuer le temps jusqu'à sa majorité. Ensuite, sa voie était toute tracée : fils unique d'un gentilhomme campagnard, il était destiné à gérer la propriété familiale, tout en jouissant d'une rente plus que confortable.

– Et encore j'ai eu de la chance, mon père aurait pu souhaiter me voir suivre des études d'ingénieur ! Heureusement, il est convaincu qu'il n'existe pas meilleure discipline que l'apprentissage du violon.

Nous en rîmes de bon cœur. Réconforté, mon premier soin fut d'ouvrir mon étui pour vérifier que mon violon n'avait subi aucun dommage pendant le voyage. Ce n'était qu'un violon de villageois, l'un de ceux dont on se sert pour faire danser les filles pendant les foires aux bestiaux. Il portait de nombreuses éraflures, et par endroits le vernis s'était écaillé. Mais c'était là tout mon honneur, toute ma vie, résumés en ces quelques pièces de bois ajustées avec art et ces quatre cordes sonores.

Mon père l'avait rapporté un soir, alors que je n'avais que cinq ou six ans. Il l'avait échangé contre un mouton à un brocanteur de passage. Je me souviens encore de son expression de tendresse et d'encouragement quand il me le tendit. L'instrument était presque plus grand que moi, si bien qu'au début, j'avais dû le poser à terre pour en jouer. Puis, l'âge venant, il était devenu mon compagnon le plus intime, et davantage encore lorsque la maladie me frappa, ainsi que je l'ai déjà raconté. Tant de fois dans la souffrance et le chagrin, je m'étais raccroché à lui comme à une planche de salut… Il détenait en lui toutes mes confidences, tous mes secrets.

J'en tirai quelques notes graves, puis aiguës. À peine si le voyage l'avait désaccordé. Il en avait vu bien d'autres. Cet exercice attira l'attention générale, ce dont je me serais bien passé. Un grand jeune homme blond, large d'épaules, aux manières compassées, vêtu d'une élégante redingote grise à boutons de nacre, s'approcha de moi, aussitôt imité par un petit groupe qui lui semblait tout dévoué : « Le roi et sa cour… », pensai-je. Il considéra mon instrument avec une grimace :

– Quel affreux crincrin ! Où donc as-tu déniché pareille horreur ?

Je rangeai mon violon, craignant un geste déloyal. Je préférais prendre des coups plutôt qu'il lui advînt quelque chose de fâcheux.

– Un cadeau de mon père, répondis-je.

Malcolm – il correspondait en tous points

à la description que m'en avait faite Perry – pouffa de rire. Il prit les autres à témoin.

– C'est juste bon pour bercer les cochons.

Mon père était effectivement un paysan. Il avait passé sa vie à élever des moutons, et je ne pris pas cela pour une insulte, bien que la chose eût été dite comme telle. Je me levai, la main tendue.

– Je m'appelle Luther Sparren.

– Nous savons qui tu es, répliqua froidement Malcolm en ignorant mon geste. Tu es un bouseux. Tu n'as pas ta place parmi nous. Retourne dans ta campagne traire tes brebis.

– Je décide seul de ce que je dois faire, répliquai-je.

Il était plus costaud que moi. Il aurait pu m'expédier à l'autre bout de la pièce d'une chiquenaude. Et je vis à son expression qu'il l'aurait fait volontiers s'il n'avait eu une telle répugnance pour ma personne. Il se contenta de sourire, en retroussant sa lèvre supérieure.

– De toute façon, tu ne seras pas à la hauteur, toi et ton crincrin. Bouseux.

Sur ces mots, il tourna les talons. Un silence glacial accueillit sa prédiction. Perry posa une main sur mon épaule.

– Laisse tomber. Malcolm est un imbécile. Mais c'est le premier violon, ici. Il est le protégé de M. Simpleton. Mieux vaut ne pas te le mettre à dos. Tu verras, à la longue on s'y fait.

À l'avenir, j'étais décidé à éviter ce sinistre personnage.

– Tu es dans la classe de Konius, n'est-ce pas ?

– C'est un bon professeur ?

– Pas pire que les autres. Il craint le directeur comme la peste. Ce qui le rend exigeant. Très exigeant, même. Avec lui, tu ne risques pas de te geler les doigts. Moi, j'ai Mme Stevens, une vieille bique à moitié sourde. Tout à fait le professeur qui me convient.

Le dortoir se vidait peu à peu.

– On va dîner ? proposa Perry.

Je n'avais pas faim. J'avais seulement envie d'être seul. Il n'insista pas et rejoignit les autres. Assis en tailleur, j'épaulai mon instrument et en tirai une de ces valses mélancoliques de Palkushi, qui reflétait si bien mon état d'esprit actuel. Quand j'eus terminé, je m'accoudai à la fenêtre, cherchant à distinguer les lumières de la ville à travers le brouillard. Mais peine perdue, celui-ci était trop dense.

Tard dans la nuit, tandis que tout le monde dormait, je me pris à rêver, les yeux grands ouverts, de scènes illuminées, de public invisible m'acclamant dans le noir, de fleurs jetées à mes pieds. Je rêvais. Je rêvais que le son d'un violon emplissait le silence du manoir, un son d'une beauté inouïe, céleste, insurpassable. Je reconnus la mélodie : c'était celle-là même que j'avais jouée tout à l'heure, la *Valse* de Palkushi. Mon émotion fut si forte que je m'éveillai. Curieusement, j'eus l'impression que l'écho du merveilleux instrument achevait de se dissiper dans le silence...

MAESTRO LEOPOLD KONIUS

En ce premier jour, j'avais décidé de mettre mes plus beaux habits. Je ne voulais pas faire mauvaise impression. Nous arrivâmes en rang, dans une grande salle circulaire ornée de magnifiques boiseries. Une mosaïque bleue représentant une muse courait sous nos pieds. Une odeur de cire et de vanille flottait dans l'air. Chacun prit place derrière un pupitre.

Un petit homme rondouillard, au visage encadré par d'épais favoris, entra. Il portait sur le bout de son nez rouge des besicles carrées. À première vue, maître Leopold Konius ne semblait pas très sévère. Une certaine nonchalance pointait même à travers son maintien hésitant. Mais c'était sans compter la terreur que lui inspirait le directeur. Il semblait craindre constamment de le voir surgir dans son dos, et ne cessait de jeter des regards inquiets autour de lui.

Konius monta sur le podium qui occupait le centre de la pièce et s'essuya le front avec un mouchoir en dentelle, comme si la perspective de nous donner un cours l'accablait à l'avance. Dès qu'il m'aperçut, il fronça les sourcils et me fit signe du doigt.

– Vous !

– Monsieur ?

– Ici, « monsieur » n'est pas de mise. On dit « maestro » !

– Bien, maestro.

Il se pencha vers moi.

– Vous, qui êtes-vous ?

– Luther Sparren, maestro.

– Luther Sparren, hein ? Le jeune prodige des foires aux bestiaux...

Cette remarque blessante fit ricaner la classe, à l'exception d'une jeune fille blonde qui se tenait au premier rang, juste en face de moi. Je la reconnus sur-le-champ. Je l'avais aperçue la veille en compagnie de Malcolm et des siens.

– Allons, M. Sparren, gagnez votre place.

Il me désigna un pupitre vacant, justement proche de celui de la jeune fille, sans se douter qu'il réalisait mon désir le plus cher. Je crus bon devoir me présenter :

– Bonjour, je m'appelle Luther. Luther Sparren.

– Oui, c'est ce que j'ai entendu. Moi, c'est Fran.

– Fran ? C'est un joli nom.

Je notai au passage son visage ovale parsemé de taches de rousseur, ses grands yeux bleus et ses lèvres finement dessinées. Elle avait noué ses cheveux blonds en une torsade qui se lovait gracieusement sur son épaule droite. Les filles de ma campagne n'étaient pas aussi jolies, ni aussi distinguées.

– Le maestro est tous les jours comme ça ?

Fran pouffa de rire.

– Non, ce matin, il serait plutôt de bonne humeur.

– En place pour l'exercice ! ordonna soudain Konius.

Les étudiants semblaient savoir de quoi il s'agissait, car ils sortirent de leur étui un étrange instrument qui vaut la peine d'être décrit. Cela se présentait sous l'aspect d'un brassard lesté d'un poids rond, semblable au balancier d'une horloge. Chacun l'enfila à son bras droit et se tint prêt, archet levé. Pour ma part, je restai sidéré. Je n'avais jamais vu un tel appareil.

– M. Sparren désire-t-il une invitation ?

Konius me fixait avec hostilité.

– Je... Je ne possède pas un tel... un tel...

– Eh bien trouvez-en un ! Ce harnais est destiné à renforcer votre tenue d'archet. Dans votre cas, il paraît tout à fait indispensable.

Il y eut de nouveaux rires moqueurs. Par chance, Fran disposait d'un harnais de rechange. Malgré ma répugnance, je fus bien forcé d'ajuster cette trouvaille barbare à mon bras. C'était terriblement lourd et malcommode. Le poids m'obligeait sans cesse à rectifier ma position. À peine si je pouvais lever le coude. Cela commençait plutôt mal.

– Exercice ! répéta Konius. *Variation n° 6* de Poulenbast ! Trois, quatre !

Variation n° 6 de Poulenbast ! Ma déconvenue était totale. L'étude la plus ennuyeuse de tout le répertoire ! Et qui plus est, je n'avais pas la partition ! S'avisant de mon désarroi, Fran rapprocha discrètement son pupitre du mien. Je la gratifiai d'un regard reconnaissant. J'épaulai mon violon en maugréant. Handicapé par cet immonde harnais, il m'était difficile de remuer l'archet convenablement. Pour la première fois de ma vie, je découvris que musique et souffrance pouvaient aller de pair. Ce fut une terrible révélation. Du coin de l'œil, j'épiai les autres. Je n'étais pas le seul à peiner. Mais chacun serrait les dents pour ne pas décoller du peloton. Car le maestro Konius avait une oreille assassine. Il était capable de déceler la moindre fausse note, le plus petit retard.

Pourtant, l'un de nous survolait littéralement les difficultés de cette épreuve athlétique : Malcolm. Force me fut de reconnaître qu'il déployait une fabuleuse aisance. Je compris pour quelle raison il était l'élève favori de M. Simpleton. Il avait de la prestance et une sonorité majestueuse. Toutefois son jeu m'apparut froid, dénué de sincérité, et pour tout dire, assez mécanique.

Soudain, la porte s'ouvrit et M. Simpleton fit son entrée. Il tenait l'archet que je lui avais vu la veille. Immédiatement, le cours s'interrompit. Konius quitta sa chaire et vint s'incliner avec respect devant lui. Il semblait très embarrassé par cette intrusion, presque paniqué.

– Monsieur le directeur, c'est un grand honneur...

– Ne faites pas attention à moi, maestro. Poursuivez...

Les étudiants eurent bien du mal à retrouver leur concentration. Quant à Konius, il se mit à battre la mesure de travers. La sueur coulait de son front. Mains derrière le dos, son regard inquisiteur allant de l'un à l'autre, M. Simpleton inspecta les rangées. Je le sentis passer dans mon dos et un frisson me glaça la nuque. Soudain, il abattit son archet sur mon pupitre comme un bûcheron sa hache. Le claquement violent me fit sursauter. Le silence s'établit en un clin d'œil. Chacun retint son souffle. J'eus peine à déglutir.

– Est-ce vous, M. Sparren, qui produisez ce son odieux ?

Je me tournai vers lui. Une expression de dégoût était peinte sur son visage. Il me considérait avec une fixité effrayante.

– Oui, c'est bien vous, Sparren ! Montrez-moi votre violon...

À contrecœur, je le lui tendis, crosse en avant. Il l'examina sans faire mine de vouloir le toucher. Était-ce une impression, ou éprouvait-il une étrange répulsion envers l'instrument ?

– Seigneur ! s'écria-t-il. Qu'est-ce que ceci, Sparren ? Comment osez-vous ?

– Je ne comprends pas, monsieur.

– Vous ne comprenez pas ? Pourtant c'est très clair. Ceci n'est pas un violon. À peine une croûte, indigne de cette classe. Je vous somme de prendre un autre instrument.

– Mais... je ne possède pas d'autre instrument !

Il eut une expression offusquée :

– Mais savez-vous bien où vous êtes, M. Sparren ? À l'Académie de Balmour, et dans la classe d'un professeur des plus réputés, qui a formé les plus grands ! Et vous... vous osez émettre de tels sons dans cette enceinte ?

Je ne trouvai rien à répondre. Je tremblais de colère et d'humiliation, guettant le verdict. Il tomba tel un couperet.

– Maestro, interdisez à ce jeune homme de jouer, aussi longtemps qu'il n'aura pas trouvé un instrument convenable.

Konius s'inclina humblement. Je n'avais aucun secours à attendre de lui. Sur ces paroles, Oliver Simpleton nous quitta. J'étais mortifié.

– Vous avez entendu, M. Sparren. Veuillez vous mettre au fond de la classe et ne plus bouger jusqu'à la fin du cours.

Je n'avais d'autre choix qu'obéir. Je me tins donc dans un coin, debout, contraint au silence et à l'immobilité. Il ne pouvait exister de plus cruelle punition. Durant plus de deux heures, le maestro fit travailler diverses études de Poulenbast, et des gammes périlleuses à n'en plus finir, s'acharnant sur le plus insignifiant dérapage, la plus légère déconcentration. Du haut de son estrade, il battait la mesure, raide comme un piquet, ses abominables lorgnons tombant sur son nez purpurin.

La sonnerie fut pour moi une délivrance. Je clignai des yeux, comme au sortir d'un mauvais rêve.

– Je suis navrée de ce qui s'est passé, Luther.

Je tressaillis. Fran me dévisageait avec ses grands yeux bleus. Elle semblait sincère.

– J'ai l'impression que je ne suis pas le bienvenu ici.

– Cela passera. M. Simpleton est toujours un peu dur avec les nouveaux. Quant à ce pauvre Konius, il lui est complètement soumis. Si on sortait dans le parc ? Ça nous distrairait un peu.

Rien n'aurait pu me faire davantage plaisir. Mais Malcolm eut vite fait de nous repérer. Il me toisa avec arrogance.

– Je t'avais prévenu, Sparren. Tu ne feras pas de vieux os ici.

– Nous verrons, répondis-je.

Il partit d'un éclat de rire et saisit le bras de Fran, qui se dégagea avec brusquerie.

– Fiche-moi la paix, Malcolm. Je ne suis pas ton esclave. Je me balade dans le parc avec qui je veux !

Et à l'appui de ces paroles, elle passa son bras sous le mien. Je me sentis rougir jusqu'aux oreilles. Malcolm écarquilla les yeux :

– Quoi ? Tu vas t'afficher avec ce bouseux ? Tu veux que je sois la risée de tous ?

– Ça, c'est bien le cadet de mes soucis, répliqua vertement Fran.

Cette fois, je vis passer dans le regard de Malcolm plus que du mépris à mon égard, une véritable haine, la haine d'un rival blessé dans son orgueil. Je sus dès lors que rien ne pourrait jamais nous réconcilier. J'étais devenu son ennemi mortel, et bien malgré moi. Mais il sut se contenir. Son éducation lui interdisait sans doute de manifester sa colère en public. Il se contenta d'une révérence ironique et s'éloigna, entouré de sa cour habituelle. Le message était clair : je ne perdais rien pour attendre.

Derrière le manoir s'étendait un parc planté d'arbustes et de massifs. Entre les cours, les étudiants s'y rassemblaient pour bavarder, répéter, ou pour les plus âgés, fumer la pipe. Tout en marchant, Fran me raconta qu'elle venait d'une riche famille du nord de la ville et qu'elle espérait pour le moins obtenir un satisfecit au grand concours de fin d'année. L'idée de le recevoir des mains de la Reine en personne semblait la faire rêver. Moi, j'étais bien trop préoccupé par mes soucis actuels pour voir aussi loin.

– Simpleton a un cœur de pierre, dit-elle soudain. Je ne comprends pas pourquoi il continue d'administrer cette Académie. Il est clair qu'il n'apprécie aucun d'entre nous, à l'exception peut-être de Malcolm. Je ne suis même pas sûre qu'il aime le violon. À mon avis, il ne doit son poste qu'à sa parenté avec le fondateur.

– Je dois reconnaître que Malcolm a du talent.

– Peut-être, mais c'est d'abord un imbécile. Je n'ai jamais rencontré quelqu'un de plus imbu de sa personne. Son père est ambassadeur, je crois. Mais cela ne lui donne pas le droit de régir la vie de tout un chacun. Qu'est-ce que tu vas faire ?

– Je n'ai pas le choix. Il me faut trouver un autre instrument. Il doit bien y avoir un étudiant qui en possède plusieurs ?

– Exact.

– Qui ?

– Malcolm. Il a toute une collection à sa disposition.

Je poussai un soupir résigné.
– Alors c'est sans espoir.
– Je pourrais lui en toucher deux mots. Si tu as remarqué, il a un léger penchant pour moi...
– Inutile, je te dis. Je ne veux rien avoir à lui demander.
– Vous, les garçons ! Votre orgueil stupide !
Le rouge de la colère lui monta au front, ses yeux si bleus l'instant d'avant devinrent gris tempête. Sous sa gentillesse et sa bonne humeur apparentes, elle cachait un solide tempérament. Son accès ne dura pas. Aussitôt, elle se radoucit :
– Joue-moi quelque chose. Pas un exercice, pas une étude. Joue-moi quelque chose de beau.
– Avec mon affreux crincrin ? Tu plaisantes ?
Je finis pourtant par me laisser convaincre. Nous nous assîmes sur un banc. Je tirai mon instrument et interprétai l'une de ces mélodies de Palkushi dont je ne me lassais jamais. Oubliées les sévères remontrances de Simpleton, l'antipathie de Konius et les moqueries de Malcolm. La musique me baignait tout entier. Plus rien d'autre ne comptait au monde.
La dernière note envolée, je rouvris les

yeux, pour m'apercevoir, médusé, qu'un cercle s'était formé autour de nous. Il y avait là Perry et d'autres élèves que je ne connaissais pas. Ils me dévisageaient bouche bée. Fran elle-même semblait aux anges.

– Luther, c'est magnifique !

– Je vous l'avais bien dit, s'écria Perry à son tour. Ce nouveau, c'est un sacré crack. Je prends les paris que c'est lui qui aura le prix cette année.

Je fus félicité, encouragé, sans savoir pourquoi. J'avais trouvé mes sonorités laides, bien éloignées de l'idéal dont je rêvais… cet idéal qu'il m'avait semblé entendre au cœur de la nuit…

Ma nouvelle amie me regardait avec un intérêt nouveau.

– Il te faut un autre violon, Luther, décréta-t-elle. Il te le faut absolument.

On me pressa de rejouer, mais déjà la cloche nous rappelait à nos devoirs. Mon cœur fit soudain un bond dans ma poitrine. Je ne le vis qu'un instant, blotti dans l'ombre de la haie. Il me fixait d'un regard sombre… un homme entre deux âges, maigre et voûté, sanglé dans une longue redingote noire. Son bras gauche, replié contre sa poitrine, formait un angle bizarre. Son visage d'une blancheur de farine évoquait celui d'un mort. J'éprouvai une frayeur qui me glaça les sangs. Un battement de cils, et il avait disparu. Mon archet m'échappa des mains.

– Qu'est-ce qui te prend ? demanda Perry. Tu as vu un fantôme ?

– Je... Je ne sais pas. Il y avait un homme, là...

Mon ami me fixa avec stupeur.

– Tu rêves ! Il n'y a personne. Allons, dépêche-toi, nous allons nous mettre en retard.

UN PARI STUPIDE

Dans les lettres à mon père, je ne faisais aucune allusion à mes déboires, craignant qu'il ne se fît du mauvais sang. Chaque matin, soucieux de ne pas déplaire aux instructions du directeur, Konius m'appelait au pied de son estrade dès mon arrivée :

– M. Sparren apporte-t-il un nouvel instrument ?

La réponse étant invariablement négative, il secouait la tête.

– Alors M. Sparren restera au fond de la classe et écoutera les autres. En silence.

Je partais donc me jucher sur un tabouret à l'écart, mon étui sur les genoux, ruminant ma disgrâce. Je n'en suivais pas moins le cours avec une grande attention, notant tout ce qu'il m'était possible de mettre plus tard à profit. Mais je mentirais en disant que j'étais passionné par les conceptions austères du maestro sur la musique en général et le violon en particulier. Konius ne parlait jamais que de technique. Il était extrêmement vétilleux sur tout ce qui touchait la virtuosité pure. Rarement il se penchait sur l'interprétation de tel ou tel morceau. Tout lui semblait subordonné à l'art de bien faire les notes.

De fait, ses élèves étaient rompus aux exercices les plus périlleux et faisaient montre d'une précision peu commune. Leurs progrès étaient incontestables. J'en vins à me dire que je jugeais cette méthode peut-être sévèrement, puisqu'elle portait ses fruits. Même la pratique du harnais tant haï trouvait maintenant grâce à mes yeux. Que n'aurais-je accepté pour avoir le privilège de me mesurer aux autres !

Konius jouait rarement. La plupart du temps, il se contentait de rester sur son podium, à battre la mesure, rigide et concentré. S'il lui arrivait de vouloir illustrer l'un de ses propos, il s'adressait invariablement à Malcolm, lequel s'acquittait de cette tâche avec aisance, et aussi, hélas, avec une bonne dose de suffisance.

Malgré l'antipathie que j'éprouvais à son égard, je ne pouvais m'empêcher d'admirer la vitesse et la précision de ses coups d'archet. Il était assurément le plus doué d'entre nous, un pur produit de l'éducation rigoureuse de Konius. C'était un spectacle extraordinaire d'observer l'agilité de ses doigts courant sur le manche de son instrument, tandis que le reste de son corps demeurait figé. Il faisait songer à quelque horlogerie parfaitement réglée, mais ainsi que je l'avais déjà remarqué, son jeu était dénué de sentiment.

J'étais exclu de tous les ateliers de répétition, de toutes les formations de chambre, de tous les cercles amicaux. Il suffisait que je m'approche d'un groupe pour qu'aussitôt celui-ci se dispersât. Cette hostilité latente n'était pas seulement l'œuvre de Malcolm. Y entraient aussi pour une bonne part le mépris dans lequel me tenait le maestro Konius, et la punition que M. Simpleton m'avait infligée. J'étais considéré comme un paria, un pestiféré.

Cette solitude était heureusement compensée par la sympathie grandissante entre Fran et moi. Nous étions devenus de vrais amis. Il n'était pas rare qu'au milieu du cours, à l'insu de Konius, elle m'adressât un petit signe de connivence. Cela me mettait du baume au cœur, et ne faisait qu'enrager davantage Malcolm qui épiait chacun de nos gestes. Mais elle n'avait cure de la jalousie maladive de son soupirant.

Quant à Perry, sa truculence naturelle semblait lui servir de passe-droit, et personne ne lui reprochait de venir de temps à autre briser ma quarantaine. Il semblait se préoccuper comme d'une guigne d'appartenir au cercle des amis de Malcolm. Sous ses apparences débonnaires, je crois qu'il aimait bien fronder contre tout et tous. Le soir, assis sur le rebord de mon lit, nous discutions sans fin, jusqu'à en avoir la gorge sèche.

Durant cette période, l'envie de jouer m'abandonna. Je répugnais de plus en plus à sortir mon violon. Je dois bien l'avouer, j'avais maintenant honte de mon vieux compagnon. Par chance, je découvris, niché dans un endroit solitaire du parc, un vieux puits de pierre qui disparaissait presque sous les lierres. Personne n'y venait jamais. Je décidai d'y établir ma salle de répétition.

Dès que j'en avais l'occasion, seul à l'abri des oreilles indiscrètes, je venais là me soumettre à la discipline d'un travail quotidien et acharné, essayant de mettre à profit les conseils entendus, glanés, presque dérobés durant les cours. Je m'exerçais sans relâche à certaines de ces techniques, mais sans enthousiasme, m'interrogeant sur ce qu'aurait dit M. Jarvis des sonorités plus dures, presque acides, que j'arrivais seulement à tirer de mon instrument.

Fran eut tôt fait de découvrir mon repaire. Un jour que je relevai la tête après m'être plongé dans une longue et douloureuse mélodie de Palkushi, je la vis, assise non loin de là. Je ne l'avais pas entendue venir. Nous n'échangeâmes pas une parole. Je poursuivis mes exercices, et elle resta silencieuse, à m'écouter. Par la suite, elle assista souvent à mes répétitions solitaires. Je découvris que sa présence m'obligeait à sortir de moi-même, à me surpasser. Elle était devenue ma confidente, et je crois que je devenais amoureux d'elle. Parfois, l'un près de l'autre, nous dissertions sur tel ou tel coup d'archet, mais c'était surtout le prétexte de nous effleurer et de nous sourire.

Un soir, alors que je m'interrogeais sur son retard, je la vis soudain arriver en compagnie de Malcolm et de sa suite. Cette irruption dans mon sanctuaire me rendit furieux. Je bondis sur mes pieds, prêt à chasser les importuns et à sermonner mon amie. Elle ne m'en laissa pas le temps.

– Je t'en prie, laisse-moi t'expliquer, Malcolm veut te faire une proposition...

Il s'approcha en effet, ses pouces négligemment coincés sous son gilet de soie, sûr de lui.

– Alors, Sparren, il paraît que tu as besoin d'un nouveau violon ?

Je me souvins de la promesse de Fran d'intercéder en ma faveur. J'acquiesçai, silencieux, ravalant ma honte. Mon embarras le fit sourire. Il claqua dans ses doigts. Un de ses sbires déposa un étui sur la margelle du puits, tout près de moi, et l'ouvrit. À l'intérieur reposait un superbe violon d'étude, de fort belle facture. Ma gorge se serra.

– Je suppose que celui-ci te conviendrait ? demanda Malcolm, goguenard. Il fait partie de ma collection. Il est à toi.

Je dévisageai mon interlocuteur, incrédule. Je n'arrivais pas à croire qu'il fût capable d'un geste de générosité désintéressé.

– C'est une plaisanterie ?

– J'y mets une condition, ajouta-t-il aussitôt en se saisissant de l'instrument. Cette variation que tu jouais à l'instant, je suis capable de la boucler en trois minutes trente-cinq secondes. Jusqu'ici personne n'a pu battre ce record. Si tu y réussis, ce violon est à toi.

Le garçon qui avait déposé l'étui tira de sa poche un chronomètre en argent et me fixa d'un air sévère. Je comprenais mieux. Fran fit un geste d'impuissance. De toute évidence, l'idée n'était pas d'elle.

– Je tiens le pari, dis-je.

– Attention : toutes les notes.

– Toutes les notes.

Cette variation était l'une des plus délicates de tout le répertoire. Elle était semée d'embûches techniques et réclamait une dextérité hors pair. De plus je l'avais peu travaillée. Mais que risquais-je à me lancer ? J'avais tant besoin d'un autre violon. C'était une aubaine : un pari devant témoins. Malcolm ne pourrait se dérober en cas de défaite. Ce nouvel instrument serait une chance unique de me réhabiliter auprès de mon professeur. Tout plutôt que continuer à rester assis à l'écart au fond de la classe. Je vis au sourire de Fran qu'elle n'en attendait pas moins de moi.

– Bien, triompha Malcolm. Très bien. Nous allons enfin voir ce que tu vaux.

Il épaula son instrument. Le préposé au chronomètre donna le signal du départ. Malcolm s'élança comme une flèche. Son agilité était ahurissante. Aucune note ne lui échappait, aucune nuance, rien. Il venait à bout de toutes les difficultés avec une aisance à peine croyable. Il arriva au terme du morceau avec un brio exceptionnel qui lui attira les applaudissements, à l'exception de ceux de Fran.

– Trois minutes et trente-deux secondes, annonça le chronométreur. Encore trois de mieux.

Murmures d'admiration.

– À toi Sparren.

Je démarrai à mon tour. Je rebondissais sur les notes comme si ma vie en dépendait. J'étais moi aussi capable d'acrobaties de ce genre, au point que ma démonstration finit même par enflammer les supporters de mon rival. Fran elle-même perdit de sa réserve et serra les poings. Elle devait penser que je pouvais y arriver. J'accélérai encore. Mes doigts couraient comme des araignées sur le manche. Mon archet sautillait sur les cordes avec une légèreté aérienne. Je sus que la victoire était à ma portée. Mais j'aurais dû prévoir que mon pauvre instrument serait bien incapable de supporter un tel traitement. Sous la trop forte tension, l'une des cordes cassa net.

Il y eut un silence de mort.

Malcolm referma son étui avec un claquement sec et, remportant le prix tant convoité, me lança avec un sourire méprisant :

– Quel dommage. Tu as perdu, bouseux !

UN VIOLON DANS LA NUIT

– Me voilà bien avancé ! fis-je. Et en plus, je n'ai pas de cordes de rechange.

J'étais furieux. Échouer si près du but, par la faute de ce damné crincrin ! Fran s'efforça de me consoler.

– Tu pouvais le battre. J'en suis sûre.

Elle ouvrit son propre étui et en tira un petit sac en tissu qu'elle me tendit.

– C'est de ma faute, après tout. Je n'aurais pas dû accepter ce pari stupide en ton nom. Voici une nouvelle corde.

Je la regardai avec reconnaissance.

– Luther, je voudrais que tu saches... Si j'avais un second violon, crois-moi, je te le confierais sans hésiter. Je n'ai jamais entendu quelqu'un jouer comme toi. Je suis sûre que tu deviendras un grand soliste. Ça ne fait aucun doute.

– En attendant, je joue les faire-valoir !

– Je suis très sérieuse. Malcolm te craint, je le sais. Il voit en toi un rival pour le concours de fin d'année. C'est pourquoi il fait tout pour que tu abandonnes. Et je pense aussi que le directeur ne demanderait pas mieux. Il tient à ce que son poulain l'emporte. Ce n'est pas pour rien qu'il lui donne des cours après la classe, dans son propre bureau.

– Bel esprit d'équité ! Quoi qu'il en soit, ils n'ont pas de souci à se faire. Je ne vois pas par quel miracle je trouverais un nouvel instrument...

À cet instant précis, j'eus l'impression très nette que quelqu'un nous observait. Je tournai la tête. Pendant une fraction de seconde, je crus distinguer deux yeux qui brillaient dans les profondeurs d'un massif de rhododendrons. Je frissonnai de tout mon être. Je crus reconnaître... Mais ce fut si fugitif : un battement de cils, et la vision avait disparu.

– Que se passe-t-il ? Tu as vu quelque chose ?

– Je suis sûr qu'il y avait quelqu'un...

– Tu te fais des idées, c'est ridicule.

– L'autre jour, déjà... Il y avait un type bizarre qui m'épiait, un type tout en noir, très pâle... On aurait dit un fantôme...

– Oh, lui ?

– Tu le connais ?

– Je l'ai déjà vu rôder dans les couloirs une ou deux fois. C'est un estropié. J'ignore de qui il s'agit. Personne ici ne mentionne jamais son nom, ni même son existence. Peut-être un fou, ou un indigent que l'Académie abrite par charité…

– Je n'imagine pas M. Simpleton capable d'un geste de charité. Perry prétend que le manoir est hanté, et que la nuit, il s'y passe de drôles de choses…

– Perry est un grand nigaud, s'il croit à toutes ces balivernes. La seule chose de vraie dans tout ça, c'est que ce manoir appartenait autrefois à un seigneur de mauvaise réputation, celui-là même qui a fondé l'Académie. Il paraît qu'il aimait les arts, mais ce qui est sûr, c'est qu'il aimait aussi les armes.

– As-tu déjà entendu un violon jouer la nuit ?

Fran tressaillit.

– Un violon ? La nuit ?

– Il joue une mélodie que je connais bien, une valse… La *Valse* de Palkushi. Impossible que personne n'ait jamais remarqué…

– Tu as dû rêver.

– Non, je t'assure.

– Sans doute un élève qui s'entraîne quelque part... Je m'excuse, je dois y aller...

La précipitation avec laquelle elle me quitta me parut suspecte. J'eus beau l'appeler, elle ne se retourna pas. Qu'avais-je donc dit ?

Ce soir-là, à force de retourner toutes ces questions dans ma tête, il me fut impossible de trouver le sommeil. Je restai les yeux grands ouverts dans le noir, attentif au moindre bruit.

Vers deux heures du matin, une douce et lointaine mélodie perça le silence. D'abord simple murmure, elle s'amplifia jusqu'à devenir parfaitement identifiable : la *Valse* de Palkushi ! Mais jamais, au grand jamais, je ne l'avais entendu jouer avec une telle intensité, une telle plénitude de son. Impossible, je devais rêver. Je me pinçai. Non, la musique était bien réelle. D'où provenait-elle ? Presque malgré moi, je repoussai mes draps et m'aventurai dans le couloir, bien décidé à percer le mystère.

– Est-ce que t'es pas un peu dingue ?

Je sursautai.

– Perry ? Tu m'as flanqué une de ces frousses ! Qu'est-ce que tu fiches ici ?

– Et toi-même ?

– Bougre d'idiot, tu n'entends donc pas ?

C'est magnifique ! Qu'est-ce que c'est, bon sang ?

Il me fixa, les yeux agrandis par la peur.

– C'est l... lui ! bégaya-t-il. Il ne faut pas l'écouter, Luther ! Retournons nous coucher ! Si Simpleton nous surprenait debout à cette heure...

– Qu'est-ce que tu racontes ? C'est un violon, et quel violon !

– Quand on l'entend, cela n'annonce rien de bon. Non, rien de bon du tout.

– Mais de quoi tu parles ?

– C'est lui, je te dis. Ce n'est pas une légende.

– Qui ça, lui ?

– Le Prince Darkshore ! Le violon maudit. Il s'est remis à jouer. Un malheur va arriver.

– Je veux savoir d'où ça vient.

– Reste ici, Luther, ou ce sera comme les autres, jamais on ne te retrouvera !

– Qu'est-ce que tu chantes là ?

– Ce n'est pas une légende. Ceux qui cherchent à retrouver le violon disparaissent à tout jamais dans les souterrains.

– Quels souterrains ?

– Le manoir est bâti sur d'anciennes catacombes.

– Allons, Perry, je vais juste jeter un coup d'œil dans le parc.

– N'y va pas. C'est comme ça que le Prince Darkshore appelle ses victimes !

– Perry, ne sois pas ridicule, tu...

– C'est un violon maudit, je te dis. Certaines nuits, il chante pour appeler un maître. Il ne faut pas y aller, Luther ! D'autres ont essayé. On ne les a jamais revus.

– Ainsi personne ne sait où il se trouve ni qui en joue ?

– Et c'est tant mieux. Je n'aimerais pas savoir qui en joue et pourquoi. Mais crois-moi, c'est bien réel. Ici, tout le monde est au courant. Il ne faut pas sortir quand il chante comme ça. C'est dangereux.

– Perry, c'est de la superstition. Il s'agit probablement de quelqu'un qui s'exerce, voilà tout.

– Fais ce que tu veux. Je t'aurai prévenu...

Je ne pus en tirer davantage, car faisant demi-tour, il partit plonger sous ses couvertures, littéralement terrifié. Je trouvais sa réaction étrange. Il m'avait toujours fait l'impression d'un garçon peu impressionnable. Je haussai les épaules. J'étais trop fasciné pour renoncer à satisfaire ma curiosité. Sans bruit, je me glissai dans l'escalier.

Je sortis dans le parc, guidé par la douce

mélopée. Il faisait froid. Des flocons de neige voletaient comme une nuée d'insectes. D'inquiétants lambeaux de brume griffaient la pelouse. J'étais gelé. Je ne portais que ma chemise de nuit, et dans ma hâte j'avais oublié d'enfiler mes pantoufles. Peu importait : je poursuivis mon chemin. J'étais charmé par cette fabuleuse musique.

Sans y prendre garde, je me retrouvai aux abords du vieux puits. Il semblait plus sinistre qu'en plein jour. Je frissonnai. De grandes ombres grises s'allongeaient autour de moi. Aucun doute n'était permis. Le son provenait d'en bas. Je pris appui sur la margelle et me penchai en avant, scrutant le vide. Je jetai un caillou, mais aucun bruit ne me revint, si léger soit-il. Je m'étirais au maximum lorsque soudain, une poigne terrible me saisit par le col et me repoussa violemment en arrière.

Je tombai sur les fesses, surpris autant qu'effrayé. Je clignai des yeux. Mon cœur fit un bond dans ma poitrine : l'infirme à la figure blanche se tenait là, devant moi. Je crus m'évanouir de peur. Il me dévisagea d'un air terrible, puis sans un mot, tourna les talons et disparut parmi les arbres. Je revins à moi. Qui diable était cet homme ? Que faisait-il à errer la nuit dans le parc ?

Et qu'y faisais-je moi-même ? Tout était redevenu silence. Comment étais-je arrivé jusqu'ici ? J'avais l'impression d'être un somnambule qu'un bruit venait d'éveiller. Plus aucun son ne sortait du puits. Avais-je rêvé ? Non. J'étais sûr que non. Et j'avais sans doute échappé à la mort. Si je n'avais pas été retenu à temps, n'aurais-je pas fini par glisser dans le trou ? Une terreur rétrospective me saisit. Les paroles de Perry me revinrent en mémoire : le Prince Darkshore attire ses victimes, et on ne les revoit plus jamais. J'avais eu tort de prendre ses avertissements à la légère.

L'HOMME TORDU

Le lendemain à la première heure, je fus convoqué chez le directeur. Avait-il eu vent de mon escapade nocturne ? Inutile de dire que mon cœur battait la chamade quand je me présentai à son bureau. M. Simpleton se tenait sous le portrait. Bien qu'il fût encore tôt, il avait allumé une pipe et l'odeur douceâtre du tabac se mêlait à celle de la cire et des vieux bouquins. Il n'était pas seul. Konius était assis en face de lui et à ses côtés se tenait une vieille dame à l'air revêche, que j'identifiai pour être Mme Stevens. Perry me l'avait si souvent dépeinte avec force grimaces qu'elle m'était presque familière. Tout ce petit monde ainsi rassemblé me fit aussitôt penser au jury d'un tribunal, ce qui ne fit qu'aviver mes craintes.

À mon entrée, les trois personnages tournèrent la tête dans ma direction. Je ne lus aucune indulgence dans leurs regards.

– Vous m'avez fait demander, monsieur le directeur ?

Il me scruta avec attention avant de répondre :

– En effet, M. Sparren. Vous êtes parfaitement conscient, je suppose, que la situation n'est plus tolérable.

– Je ne sais de quelle situation vous parlez, monsieur.

– Ne faites pas l'âne, je vous prie. La présence de votre professeur devrait vous éclairer. Nous avons à nous plaindre de vous, Sparren, et vous le savez. Vous êtes un élément perturbateur depuis votre arrivée à l'Académie.

J'eus bien du mal à contenir ma colère.

– Je ne vois pas en quoi, répondis-je. Je suis consigné au fond de la classe, sans avoir le droit de m'exercer ni de participer au cours.

M. Simpleton s'approcha et fixa sur moi un regard menaçant :

– Justement. Vous auriez dû savoir qu'en venant ici, vous deviez disposer d'un instrument convenable.

Comme à son habitude, Konius prit une mine pincée et marqua son entier accord par un hochement de tête. Quant à Mme Stevens, elle était à demi sourde et portait fréquemment un cornet auditif à son oreille. Je n'étais pas certain qu'elle eût compris de quoi il retournait.

– Monsieur le directeur, je n'ai pas d'autre violon que celui-là. C'est le seul bien que j'aie jamais possédé.

– Il ne saurait y avoir de dérogation à l'usage, M. Sparren. Il est entendu que les instruments pénétrant dans cette Académie doivent être d'un bon niveau. Je ne saurais tolérer ici un objet qui aurait tout juste sa place sur un étal de marché. Cela nuit aux progrès des autres étudiants. Je suppose que vous en êtes conscient ?

Il croisa les mains derrière le dos, hocha la tête avec un soupir.

– Que pouvons-nous faire de vous, Sparren ? À votre avis ?

Il était évident que je n'étais pas en situation d'apporter la moindre solution à ce problème. Et je sentis que je n'avais nulle aide à attendre des personnes présentes dans cette pièce. M. Simpleton poursuivit :

– Maestro Konius refuse désormais de vous prendre dans son effectif. Quant à Mme Stevens, que j'ai priée d'assister à cet entretien, elle refuse aussi.

– Absolument ! confirma la vieille bonne femme d'une voix criarde.

– Dans ces conditions, je crains que vous n'ayez à quitter l'Académie.

Je regardai le maestro Konius. Il détourna les yeux. Je fus certain qu'il était conscient de l'injustice dont j'étais victime, mais qu'il ne pouvait s'y opposer. J'étais abasourdi. J'avais l'impression de vivre un mauvais rêve. À peine si je fus capable d'articuler :

– Mais... Ce n'est pas possible ! J'ai obtenu une bourse pour venir étudier ici, et nulle part ailleurs...

M. Simpleton prit un air navré de circonstance.

– M. Sparren, votre talent est certain. Il existe d'autres institutions dans le pays dont les conditions d'accès sont moins drastiques que les nôtres. Vous pourrez y parfaire votre formation sans problème. Ainsi que vous pouvez le constater, aucun de nos professeurs ne veut de vous...

– Si. Moi.

La stupeur qui se peignit sur les visages fut presque comique, et j'en aurais volontiers souri si ma situation n'avait pas été alors désespérée. Nous nous retournâmes. Une silhouette noire se tenait sur le seuil du bureau, immobile. Je reconnus sur-le-champ l'étrange posture voûtée, la figure d'une blancheur de farine et les yeux sombres où brûlait un feu étrange : c'était bien l'homme tordu qui, cette nuit, m'avait sauvé d'une chute mortelle dans les profondeurs du puits. Il s'avança en traînant la jambe, appuyé sur une canne noueuse. Son bras gauche était replié contre sa poitrine, et je présumai qu'il était paralysé. En pleine lumière, il paraissait bien plus jeune que ne le laissait supposer sa démarche.

Konius laissa choir ses lorgnons de saisissement. Mme Stevens planta son cornet auditif dans son oreille, en demandant ce qui se passait de sa voix aiguë. Quant au directeur, il était livide.

– Comment ? Vous ? Chapell ?

– Hyeronimus Chapell, pour vous servir.

Il me toisa avec une étrange malice. M. Simpleton eut peine à contenir sa colère.

– Personne ne vous a convoqué. Veuillez sortir.

– Je me suis laissé dire qu'il se tenait ici une petite réunion concernant un apprenti très remarquable. Aussi je le répète : je suis, moi, disposé à former ce jeune prodige.

– Chapell, c'est exclu ! trancha le directeur.

L'homme tordu lui coula un regard ironique.

– Vraiment ? Vous m'en empêcheriez ? Que craignez-vous ? Au pire, il battra votre poulain au concours de fin d'année...

– Pour cela, ricana M. Simpleton, aucun risque.

– Soit. Alors c'est entendu, conclut Chapell avec aplomb.

Un bref instant, les deux hommes s'affrontèrent du regard et je sentis passer entre eux un courant de haine sourde, féroce, allant bien au-delà de simples divergences artistiques. Puis Chapell se tourna vers moi.

– Garçon, soyez assez aimable de nous laisser seuls un instant. Nous avons besoin de débattre de certaine question à votre sujet. Attendez-moi dans le parc.

Il semblait avoir pris les choses en mains et dominait la scène avec un ascendant tel que personne ne songea à le contredire. Ce fut pour moi une véritable révélation et je me retirai sans même consulter le directeur. Quoi ? Cet homme bizarre, contrefait, était donc aussi professeur ? Et de toute évidence, il semblait craint et respecté par les autres. J'étais médusé. Sans sa présence, nul doute que ma belle carrière se fût arrêtée là, en cette froide matinée de novembre.

Un peu plus tard, alors que j'attendais le verdict, assis sur un banc, je sentis une présence derrière moi. Il était là, courbé sur sa canne, une expression amusée sur le visage.

– Suis mon conseil, garçon ! Il ne fait pas bon se pencher au-dessus des puits à toute heure du jour et de la nuit. Sait-on ce qui se trouve au fond des puits ? N'est-ce pas en soi-même qu'il convient d'abord de regarder ?

Son langage étrange, sa voix douce, résolue mais calme, me firent une forte impression. Toute répugnance à son égard, toute peur m'abandonnèrent sur-le-champ.

– Excusez-moi, m... mais êtes-vous vraiment professeur ?

Il ne se vexa pas. Mon incrédulité le fit même sourire.

– Ma foi. J'ai mes diplômes royaux.

– C'est vous qui m'observiez ces derniers jours ?

– Disons plutôt que je t'écoutais. On se laisse facilement prendre à ton archet, tu savais cela ? Désormais, tu n'as plus rien à redouter. Tu seras considéré par tous ici comme un élève à part entière. Chaque fois que tu es venu jouer près du puits, je me trouvais derrière un massif et je t'écoutais. J'en sais suffisamment sur toi. Ton jeu est naturel, spontané. Il ne doit rien à l'étude. Il y a en lui cette maturité qui fait défaut à la plupart des étudiants. Sans doute as-tu enduré plus d'épreuves qu'il ne convient à un enfant de ton âge. Et il n'est hélas de meilleure école de la vie que les épreuves et la souffrance. Ne te méprends pas. Tu as encore beaucoup à apprendre. Mais je peux t'aider.

Combien ces manières me changeaient des vitupérations de Konius ! Chaque parole de cet homme savait pénétrer l'âme, toucher la corde sensible. Il s'assit à mes côtés et nous parlâmes longtemps. Il me posa de nombreuses questions sur le pays d'où je venais et ce qui m'avait poussé à étudier le violon. Il m'écoutait avec un réel intérêt. Quel drôle de bonhomme, en vérité !

– Pourquoi diable étais-tu dehors la nuit dernière ? me demanda-t-il soudain.

La gravité de sa voix, la fixité de son regard me firent comprendre qu'il désirait une réponse sincère.

– J'avais entendu quelqu'un jouer du violon. Ce n'était pas un violon ordinaire. Il avait un son merveilleux, magique. C'était comme un rêve. Je ne sais pas comment je me suis retrouvé près du puits.

Un éclair passa dans son regard.

– Tu l'avais déjà entendu auparavant ?

– Plusieurs fois. Mais jamais aussi distinctement que la nuit dernière. Comme si... Comme s'il jouait pour moi seul. Qui est le violoniste qui joue ainsi ? Est-ce que vous le connaissez ?

Il hocha la tête.

– Tu as eu une hallucination, garçon. Personne ne joue du violon la nuit. C'est le vent qui souffle entre les vieilles pierres de ce manoir, crois-moi.

– Pourtant, je vous assure...

– Oublions cela, dit-il, et sa voix se durcit imperceptiblement. Allons plutôt jeter un coup d'œil à ta nouvelle salle de classe.

– Vous avez donc une vraie classe ?

– Certainement.

– Et des élèves ?

– Tu es le seul.

L'étendue de ma déception dut se lire sur mon visage, car mon nouveau professeur hocha la tête.

– Prends garde de juger les choses selon leurs apparences. Ce ne sont pas les plus beaux raisins qui font le meilleur vin. Viens.

Hyeronimus Chapell me précéda de sa démarche syncopée. L'aile du manoir où il vivait aurait mérité une solide réfection. Nous passâmes sous un porche humide et silencieux. Sur notre gauche un escalier de pierre s'ouvrait dans le sol, juste assez large pour laisser passer un homme. Nous descendîmes les quelques marches usées. Mon mentor poussa une porte voûtée et grinçante.

– Voici ta classe ! annonça-t-il avec une emphase comique.

Il alluma une vieille lampe et la promena devant lui, à bout de bras, éclairant une cave basse aux murs blanchis à la chaux. Le long des murs subsistaient encore des rangements vides mangés par les toiles d'araignées. Seul un soupirail creusé haut dans la paroi apportait un peu de clarté extérieure. Il n'y faisait pas froid et encore moins humide. Un poêle dispensait une bonne chaleur. Une modeste couchette occupait un coin. Le mobilier se réduisait à une vieille table et une chaise. Même pour une salle de classe, le confort était très limité.

Chapell me laissa visiter les lieux, tandis qu'il jetait quelques bûches dans le feu. Derrière les étagères à bouteilles, j'aperçus une seconde porte. Elle était couverte de poussière et semblait condamnée.

– Où est-ce que cela mène ?

– Quoi donc ?

– Ici, cette porte.

Chapell lui jeta un regard indifférent.
– Nulle part.
Je me le tins pour dit.
– Ce logis aurait besoin d'un bon coup de balai. C'est que, vois-tu, je n'ai pas eu d'élève depuis bien longtemps. Mais nous allons y remédier.
Je regardai autour de moi, dubitatif. Chapell hocha la tête :
– Garçon, on ne peut obliger un oiseau à voler dans le sens du vent. S'il le fait, c'est parce qu'il sait bien en lui-même que le vent accroît sa vitesse, et qu'il touchera plus vite au but. À toi de choisir : tu peux quitter l'Académie et tenter ta chance ailleurs.
Cette cave me faisait piètre impression, mais je n'en étais pas moins résolu à rester.
– Bien, dit-il, comme s'il avait lu en moi. Voilà une bonne chose. Oui, une bonne chose. Dès cet instant, sache qu'il te faudra t'astreindre à une discipline rigoureuse. Ce ne sera pas de tout repos. Je réclame une obéissance parfaite. Quand il s'agit d'apprendre et de grandir, l'oubli de son orgueil est une vertu inestimable. C'est la rançon à payer si tu veux rattraper le temps perdu.
– Maître (je ne trouvais nulle autre ap-

pellation qui lui convînt mieux), au sujet de mon violon…

– Garçon, depuis l'aube des temps, le violon est l'instrument du pauvre et de l'amoureux, et les princes n'en ont eu l'usage que bien après les mendiants et les voleurs. Me fais-je comprendre ?

J'acquiesçai.

– Plus tard, peut-être, ajouta-t-il, nous pourvoirons à te procurer un autre instrument, mais celui-ci me semble tout à fait convenable pour commencer.

J'ouvris de grands yeux.

– J'aimerais commencer tout de suite !

– Vraiment ?

Il eut un petit rire aigre, saisit un balai qui traînait et me le tendit.

– Commençons donc.

– Quoi ? Je dois balayer ?

– Mais oui. En faisant très attention, garçon. Balayer est une forme de méditation. Calcule avec soin la position de tes mains sur le manche, l'écartement de tes doigts. Ne joue que sur la souplesse de tes poignets. Tu balaieras ainsi cette pièce en arrivant tous les matins, à neuf heures précises.

– Mais… Le violon ? La musique ?

– Balaie d'abord.

Sur ce, il me laissa. Mon premier geste

fut de jeter le balai par terre avec colère. Mais au bout d'un moment, quelque chose me dit que mon nouveau professeur voulait sans doute mesurer mon degré de discipline. Je me mis donc à la tâche, d'abord sans grande conviction. Puis peu à peu, je m'amusai à suivre ses conseils. De fait, je trouvai d'étranges analogies entre les gestes d'un balayeur et ceux du violoniste. En moins d'une heure, un petit monticule de poussière se dressait au milieu de la pièce. Dans mon élan, je nettoyai les étagères de sorte que lorsqu'il fut de retour, mon maître trouva son logis plus propre qu'il ne l'avait sans doute jamais été.

– Bien, apprécia-t-il. C'est très bien, garçon.

Je n'étais pas peu fier du travail accompli. J'avais déjà saisi mon violon.

– Alors ? Nous pouvons commencer ?

– La leçon d'aujourd'hui est achevée.

– Quoi ? Déjà ?

– À demain, garçon. À demain.

Ainsi se résuma le premier cours que me donna Hyeronimus Chapell. Le soir venu, je m'endormis comme une masse. Et si le Prince Darkshore chanta cette nuit-là, je ne l'entendis pas.

ÉTRANGES MÉTHODES

Je revins le lendemain, à neuf heures précises. La porte était ouverte. Mon étonnement fut grand de trouver Chapell tête en bas, en appui sur la main droite, et jambes tendues vers le plafond. Ainsi que je l'appris par la suite, il avait pour habitude de se lever avec le soleil et de se livrer à une gymnastique rituelle. Je fus fasciné par la facilité avec laquelle il tenait en équilibre. Il semblait s'affranchir des contraintes de la pesanteur, et plus encore, de ses infirmités.

Au bout d'un moment, il daigna enfin s'apercevoir de ma présence. Sans s'interrompre, il lança un chaleureux :

– Bienvenue, garçon. Je vois que tu es fin prêt.

– Maître... qu'est-ce que vous faites ?

– Garçon, je m'exerce ! Crois-tu qu'il suffise à un bon musicien de pousser l'archet pour obtenir le son qu'il désire ?

– Mais il n'existe pas d'autre moyen de jouer !

– Grossière erreur ! s'exclama-t-il en changeant de position avec une souplesse stupéfiante. Grossière erreur. Le violoniste ne joue pas avec ses seuls bras, mais avec son corps tout entier. Oui, garçon, ton gros orteil est aussi nécessaire à ton jeu que tes dix doigts réunis. Il convient d'assouplir ton dos, tes articulations, et même, oui, la plante de tes pieds ! Essaie.

Je trouvais ceci plutôt absurde.

– Je n'en serai sûrement pas capable, dis-je.

– Non ? Crois-tu ? Tout est affaire d'équilibre. Il est indispensable pour un musicien de bien connaître son corps. Car c'est le corps qui transmet, qui vibre comme une corde. Comment vibrerait-il en communion avec l'âme s'il est désaccordé ? Tiens-toi sur tes mains, si tu le peux...

Cette parabole sibylline me laissa sceptique. Je m'exécutai malgré tout. Cela n'alla pas tout seul. Puis au fil des tentatives, je finis par trouver un équilibre chancelant qui me permit d'atteindre la position souhaitée. Chapell parut satisfait de ce premier essai.

– Oui, c'est bien cela, garçon. Sens-tu la chose ?

– Oui, maître.

– Sens-tu ce point précis où tout en toi n'est qu'harmonie ?

– Absolument ! m'écriai-je en partant à la renverse.

Chapell hocha la tête :

– Voilà la raison pour laquelle il était sage de balayer d'abord.

Je me relevai en me tenant les reins.

– Et maintenant ?

Chapell parut réfléchir.

– Sortons !

– Quoi ?

– Oui, une bonne marche au grand air nous fera du bien.

– Mais... mon cours ?

– Quel cours ? me répondit-il.

Je n'ajoutai plus rien. Je commençais à me familiariser avec les manières excentriques de mon nouveau professeur. Je crus qu'il s'agissait seulement de faire un tour dans le parc. Je me trompais. Un instant plus tard, nous étions dans la rue. Je manifestai ma crainte :

– Mais que dira M. Simpleton s'il apprend...

– Rien, garçon. M. Simpleton ne dira rien.

– Il se pourrait qu'il profite de l'occasion pour me renvoyer. J'ai parfois l'impression qu'il guette un motif suffisant pour le faire.

– C'est possible. Mais aussi longtemps que tu resteras sous mon aile, tu n'auras rien à craindre de lui.

Il avait parlé d'une voix grave et déterminée. J'aurais bien voulu obtenir des précisions quant à l'évidente hostilité qui existait entre les deux hommes. Il avait déjà hélé un fiacre et me poussait dedans. Éberlué, je regardai la sombre silhouette de l'Académie disparaître par la lunette. Quel bonheur de fuir pour quelques heures son atmosphère oppressante !

Nous sillonnâmes les rues de Balmour. Pour la première fois, il me fut vraiment donné d'observer les passants, de contempler les vitrines des grands magasins et l'architecture baroque des beaux quartiers. Hyeronimus Chapell n'était pas avare de commentaires sur les mœurs de ses concitoyens, ou sur l'histoire des hauts lieux historiques que nous traversions au petit trot. Si bien qu'en une heure, j'en appris plus sur cette vieille ville que si j'avais dévoré un rayon entier de bibliothèque.

L'érudition de mon maître semblait sans limites. Il aimait profondément Balmour, où il était né et avait grandi. Sa famille y vivait depuis de nombreuses générations. Mais à travers les digressions qui émaillaient son discours, il était évident qu'il avait aussi parcouru le monde, et visité des civilisations bien différentes de la nôtre. C'était l'homme le plus fascinant que j'eusse jamais rencontré jusqu'alors.

Il fit arrêter le fiacre aux abords de la rivière. De là, nous pouvions embrasser du regard la ville située sur l'autre rive, dont seul émergeait le beffroi noirci par la suie. Tandis que nous marchions le long du chemin de halage, Chapell me désigna de sa canne les grands saules qui se balançaient majestueusement sous le ciel gris.

– Regarde, garçon. Regarde ces arbres, comme le vent les anime ! Observe leur mouvement puissant…

Puis il se pencha au-dessus de l'eau et, m'attirant près de lui, me demanda :

– Les vois-tu, à présent ?

– Seulement leur reflet. Mais le courant est violent. Ce n'est pas aussi beau.

– Il en serait autrement si cette eau était calme et lisse comme un miroir, ne crois-tu pas ?

– Sans doute.

– Et cette eau tranquille, sans pour autant cesser de couler, refléterait mieux la juste apparence de ces saules ?

– Bien sûr, maître.

– Oui, garçon. Tu as raison. De même, le violoniste ne doit être que le reflet de la musique. Il ne doit pas brouiller son image, mais au contraire la restituer dans toute sa puissance et sa beauté. Le mouvement est une chose, l'agitation en est une autre. C'est là encore une question d'équilibre. Car il convient de maîtriser le flux d'énergie qui est en soi. Songes-y. Ne te prête plus à ces ridicules joutes de virtuosité qui ont cours à l'Académie.

Je rougis.

– Vous étiez là ?

– Certes. Et j'ai prié pour que la corde casse !

– Mais si j'avais gagné, Malcolm m'aurait donné ce violon dont j'ai tant besoin...

– La musique n'est pas un diamant. Elle n'a nul besoin d'un écrin de prix pour toucher le cœur des hommes. N'est-ce pas ce pour quoi elle est faite avant tout ?

Nous poursuivîmes notre promenade en silence, ne nous interrompant que pour observer le passage des péniches chargées de charbon ou de céréales. Plus tard, nous entrâmes dans une auberge où régnait une belle animation. Mariniers et promeneurs semblaient y avoir élu leur lieu de rencontre. Nous commandâmes des bières. Un violoneux barbu, emmitouflé dans une houppelande mitée, vint nous donner l'aubade.

Chapell lui donna une pièce et l'écouta les yeux mi-clos, apparemment avec le plus vif plaisir. L'homme jouait faux, pourtant. J'aurais voulu en faire la remarque, mais mon maître laissa tomber :

– Pas de péché d'orgueil, garçon ! Quand il n'y a pas de rôti à table, il faut savoir se contenter de pain. L'essentiel est qu'il soit offert avec amitié.

Comment douter que mon maître vouât une passion sincère et dévorante à la musique ? Sitôt qu'il en parlait, un feu s'allumait dans ses yeux, une excitation inhabituelle mettait un peu de couleur sur ses joues blêmes, et son geste devenait d'une vivacité persuasive. Cependant, c'était chose rare. Il préférait user de ses éternelles paraboles, puisées dans l'observation du ciel, de la nature, et de choses toutes simples où nul autre que lui sans doute n'aurait pu déceler matière à enseignement. Jamais il ne discourait technique. Elle était secondaire à ses yeux. Il estimait que l'élève devait résoudre ces choses par lui-même, d'instinct, car, disait-il :

– Comment pourrait-il exister une seule et même règle pour des millions d'individus différents ? C'est impossible. Chacun doit trouver sa clé, en ce monde, et franchir les obstacles avec les moyens dont il dispose.

Quand nous rentrâmes, la nuit tombait déjà et une fine couche de neige recouvrait le parc. L'air de la campagne m'avait creusé l'appétit. J'avais hâte de gagner le réfectoire, mais mon maître ne me donna pas congé. Nous regagnâmes son logis. Une bonne surprise m'y attendait. La table avait été dressée. Il y avait là du poulet froid, de la salade et du flan, accompagnés d'une fiasque de clairet. Chapell se frotta les mains avec gourmandise.

– Voilà qui est appétissant. Rien de tel pour reprendre des forces. Que dirais-tu de partager cette collation, mon jeune élève ?

Devant mon étonnement, il gloussa :

– Je m'entends fort bien avec le cuisinier. Il me fait la grâce de m'apporter les repas lui-même. Ah ! Mais je vois là du courrier qui t'est adressé ! J'ai pris la liberté de demander à ce qu'on l'apporte ici en ton absence...

Il me tendit une lettre. Quelle heureuse surprise ! Elle venait de mon père. Il me félicitait pour mon assiduité, me dépeignait la vie au village après mon départ et me prodiguait les bons conseils d'usage. Il ajoutait qu'il était fier de moi, et cela me mit du baume au cœur.

Chapell avait commencé son dîner sans m'attendre. Je le rejoignis.

– Bonnes, les nouvelles ? me lança-t-il.

– Oui.

Je n'avais plus si faim, à présent. Je songeais à mes collines natales, à la douceur de mon foyer. Tout cela me manquait. Je n'avais pas envie de retourner dans mon dortoir. Chapell ne fit aucun commentaire. Il alluma sa pipe et se carra dans son fauteuil, devant le poêle. De temps en temps, il levait les yeux au plafond et chantonnait. Au bout d'un moment, la curiosité me prit :

– On dirait que vous jouez dans votre tête.

Il me regarda avec malice.

– Oui, garçon. Je joue dans ma tête. Et je note les coups d'archet qui conviendraient pour donner à certaine musique un relief adéquat !

– Pourquoi ne pas la jouer, tout simplement ? fis-je en m'emparant de mon violon.

Un voile de tristesse embua son regard.

– C'est que... garçon, je ne peux plus jouer depuis bien longtemps. Je ne suis pas né comme tu me vois à présent. Non. Moi aussi j'ai été un fier jeune homme, avec beaucoup d'allure. C'est ce que l'on disait, en tout cas. S'il n'y avait eu ce stupide accident... Se tenir sur les mains est une chose, jouer du violon en est une autre.

– Un accident ? Que vous est-il arrivé, maître ? Ou suis-je trop indiscret ?

– Non. Il faut dire les choses. J'ai été en mon temps un jeune virtuose, comme toi. Mon père était un luthier renommé. C'est lui qui m'a appris le violon quand j'étais très jeune. Un jour, je me suis laissé entraîner par mon goût pour les expéditions aventureuses. J'ai fait une mauvaise chute, et ma carrière a été brisée. Depuis, j'habite ici par la faveur d'un arrêté royal. M. Simpleton lui-même n'a pu me chasser, à son grand désespoir. J'appartiens à une vieille famille qui a eu de tous temps la sympathie de nos monarques. Je n'ai guère de besoins et ma pension d'infirme est suffisante pour m'entretenir. Et parfois, pour le plaisir, il m'arrive de prendre un jeune élève doué... Voilà l'histoire.

Il esquissa un sourire amer, et nous parlâmes d'autre chose. Quand je le quittai, tard dans la soirée, je me sentais ragaillardi. Sans doute le clairet n'y était-il pas étranger. À peine si je remarquai la grande ombre qui me suivit un moment dans l'escalier, tandis que je regagnais le dortoir…

LA LÉGENDE

Les semaines passèrent, au cours desquelles, sous la férule de Hyeronimus Chapell, je fis des progrès considérables. Avec sa méthode particulière d'expliquer les choses, et de laisser à mon jeune cerveau le soin de leur interprétation, mon maître ne donnait jamais l'impression d'enseigner. Pour ma part, j'étais assidu et attentif, jusqu'à négliger le manger et le dormir. Nous oubliions volontiers l'heure, travaillant sans discontinuer jusqu'au soir. Mais les sujets que nous abordions étaient si divers, parfois tellement éloignés de la musique, que je n'en éprouvais jamais la moindre lassitude.

Je crois que Chapell était content de moi, car il manifestait souvent une sorte de jubilation enfantine lorsque je réussissais quelque chose de nouveau, se frottant les mains et tournant autour de moi en boitillant. Nous ne passions pas tout notre temps chez lui. Quel que fût le temps, il aimait m'emmener en promenade. Soit nous marchions le long de la rivière, soit nous nous mêlions à la foule et suivions le lacis des vieilles ruelles torturées, humant les odeurs de bière ou de viande rôtie. Ces randonnées étaient pour moi l'occasion de multiples découvertes.

Car il n'était pas de sujets que nous n'abordions, tout en marchant d'un pas alerte. Ainsi, un jour, mon maître accomplit le tour de force de me faire apprécier Poulenbast et ses fameuses variations. Comme j'expliquais mon aversion pour ces piécettes arides et dénuées de poésie, il répondit :

– Garçon, tu as tort. Poulenbast est un grand maître.

– Quoi ? Poulenbast ? Vous plaisantez ?

– Mon jeune ami, as-tu jamais observé des vignes en hiver ?

– Oui. Elles sont nues. Je veux dire : il n'y a ni feuillage, ni grappes...

– Seulement des sarments tordus, frigorifiés, qui semblent du bois mort... Mais il ne viendrait à l'idée de personne d'en couper pour faire du feu ?

– Bien sûr que non.

– Et pourquoi ? N'est-ce pas parce que l'automne venu, ils étoufferont sous les grappes mûres, lesquelles à leur tour donneront un vin généreux ? Vois-tu, garçon, en art aussi il convient de respecter les saisons. En toute chose il est nécessaire au commencement d'établir des bases solides et codifiées, comme ces sarments préparent la venue du raisin. Des vieux maîtres comme Poulenbast sont nécessaires. Ce sont eux qui ont montré la voie à suivre en des temps anciens où n'étaient que le silence et le vent. Ils ont usé leur existence dans la recherche difficile des règles sur lesquelles chacun aujourd'hui trouve normal de s'appuyer. Tu commettrais une grave erreur en les méprisant. Réfléchis bien à cela.

Cette observation me laissa songeur, et par la suite, je mis plus d'application à les étudier. Il m'avait également converti aux vertus de la gymnastique matinale. Nous ne commencions jamais notre journée sans qu'il m'eût enseigné à parfaire mon équilibre, et à assouplir les différentes parties de mon corps. À la réflexion, il me laissait fort peu jouer de mon instrument. Mais ces rares moments, après lesquels je languissais, étaient l'occasion de libérer toute ma fougue et mon énergie. Alors le son coulait, riche et plein comme de l'hydromel. Sans doute était-ce le but recherché.

L'hiver venu, j'atteignis un nouveau palier dans l'approfondissement de mes interprétations. L'enseignement de Chapell commençait à porter ses fruits. Ma sonorité avait gagné en puissance, mon jeu en subtilité et en chaleur. De plus en plus souvent, mon maître me laissait jouer à mon gré et faisait mine de vaquer à tout autre chose. S'il hasardait une remarque sur tel détail de mon interprétation – qu'il me faisait vivre comme un acteur de tragédie antique – c'était plus tard, pendant notre promenade, ou au cours du dîner que nous prenions invariablement ensemble.

Je me rappelle fort bien ce soir de tempête où nous avions discuté plus tard encore que de coutume. Nous nous tenions devant le poêle. Dehors, un vent de tous les diables gémissait dans les arbres. Alors que Chapell attisait les braises d'une main négligente, je dressai soudain l'oreille.

– Vous l'entendez ? C'est lui, écoutez ! Cette fois, vous ne me ferez pas croire qu'il s'agit du vent dans les tuiles !

Mon maître leva la tête. Il avait entendu lui aussi. Il resta un instant immobile, les yeux dans le vague, puis se renversa lentement dans son fauteuil.

– C'est étrange, dit-il. Il n'avait pas chanté ainsi depuis bien longtemps. Il faut croire qu'un événement va se produire.

Il se tourna vers moi. Était-ce le reflet des flammes mourantes ? Une curieuse lueur dansait dans ses yeux.

– Il ne fait jamais bon entendre chanter ce violon, garçon. C'est signe qu'un malheur n'est pas loin.

– Vous admettez donc qu'il ne s'agit pas d'une illusion ? Mais je suis stupide. Vous avez toujours su que je disais la vérité. Vous l'entendez, maître ? Jamais je n'ai entendu un si beau violon. Même dans mes rêves, je... Qui peut donc en jouer ?

– Personne. Il joue seul. Quelque part dans la nuit. Il appelle.

– Maître, ce n'est pas sérieux. Un violon ne peut jouer seul.

– Celui-là oui, répondit-il avec une gravité que je ne lui connaissais pas. Et il jouera ainsi jusqu'à la fin des temps, à moins qu'il ne trouve un nouveau maître digne de lui.

Je restai bouche bée.

– Perry, l'un de mes camarades, m'a déjà parlé du Prince Darkshore. Mais je crois qu'il est un peu superstitieux. Racontez-moi son histoire, je vous en prie. Je veux la connaître. Je DOIS la connaître.

Il me fixa d'un regard aigu, comme s'il cherchait à lire en moi.

– Bien, puisque tu le désires. D'ailleurs, personne ne saurait le faire mieux que moi. Ce manoir n'a pas toujours été une académie de musique. Autrefois, un jeune seigneur vivait ici, dernier rejeton d'une famille sans honneur. Il se nommait William Darkshore. Ses frasques ensanglantaient la ville, et malgré sa jeunesse, son nom seul inspirait terreur et opprobre. Certains affirment qu'il fréquentait les puissances des ténèbres, et qu'il avait signé un pacte avec le Diable en personne.

– C'est l'homme qui est peint dans le bureau de M. Simpleton, le cavalier ? Le fondateur de l'Académie ?

– En effet. Il était très riche, et cultivait un goût étrange et inattendu pour la musique en général et le violon en particulier. Un jour, il fit mander le meilleur luthier de la ville et lui passa commande d'un violon. Il désirait un instrument unique, un joyau sans prix qui porterait son nom.

Ce luthier terrifié qui accepta le marché en une nuit pareille à celle-ci, sombre et venteuse, n'était autre que mon père, Hyerontus Chapell. Darkshore lui promit un salaire mirifique à la condition expresse que nul, jamais, ne posséderait plus bel instrument. Mon père dut prêter serment sur sa vie. Mais il était sûr de son art, et par ailleurs, étant très pauvre, il n'avait guère les moyens de laisser passer une telle occasion. Il promit de mettre toute sa science au service du seigneur.

De retour chez lui, il nous annonça, à ma mère et à moi, qui n'étais alors âgé que de douze ans, qu'il partait à la recherche de l'arbre qui servirait à la fabrication du violon, et qu'il ne savait quand il reviendrait. Son départ provoqua des pleurs et des regrets. Mais il fut compensé par l'espoir qu'il viendrait à bout de sa tâche et que le prince nous ferait riches. Il partit donc sur les chemins, avec pour tout bagage une hache et quelques outils, vivant de l'hospitalité des fermes ou des buissons. Durant des semaines, il parcourut le pays, sans succès.

Un soir qu'il s'était perdu au cœur d'une forêt sauvage, il s'assoupit au pied d'un sapin solitaire plus sombre que l'ébène. Il advint qu'un orage éclata. Mon père n'eut que le temps de se mettre à couvert. La foudre tomba sur l'arbre et son tronc fut fendu en deux, tout net. Le bon luthier vit là le signe d'une intervention surnaturelle, et sans doute n'eut-il pas tort. Il découpa le bois nécessaire à la fabrication du violon, un bois noir, magnifique, sans défaut, tel qu'il n'en avait jamais façonné, et brûla le reste.

Il rentra aussitôt et se mit au travail. Cela lui demanda plus de deux ans de labeur. Car il sécha, cisela, ajusta et vernit lui-même, une à une, les quatre-vingt-onze pièces du chef-d'œuvre. À celles en sapin, il ajusta celles en ébène pour l'âme, et celles en érable pour le fond. Il mit là tout son savoir-faire et tout son cœur. Quand il eut terminé, il avait les traits d'un vieillard. Mais il avait fabriqué le plus beau violon que l'on puisse rêver : d'une perfection sans égale, jusque dans sa plus intime finition, noir comme la nuit et surtout, d'une sonorité somptueuse.

Durant ce temps, Darkshore n'avait cessé de se tenir au courant de l'avancement du travail. Et il attendait avec impatience le jour où il pourrait enfin tenir ce chef-d'œuvre entre ses mains. Un soir, mon père vint fièrement l'apporter ici même, en ce manoir, et le remit au commanditaire.

Darkshore passait pour un excellent archet. Mais quand il s'avisa de jouer de son instrument, celui-ci émit un son si détestable, si aigre, qu'il le jeta au sol de colère et tua mon père d'un coup d'épée. Peu de temps après, Darkshore fonda cette honorable Académie de violon. Pensait-il par cette œuvre de mécène se faire pardonner ses exactions ? Je ne sais. Mais la justice de la Reine s'était déjà lancée à sa poursuite. Des témoins avaient parlé. Des charges avaient fini par être amassées contre ce monstre. Hélas, quand les prévôts vinrent l'arrêter, il était déjà loin. Nul ne l'a jamais revu. Certains prétendent qu'il est mort en terre étrangère.

Quant au violon, la légende veut que Darkshore l'ait précipité dans un puits sans fond, car pour rien au monde il n'aurait voulu que quelqu'un d'autre en jouât. Et depuis, certaines nuits, quelque courant d'air résonne dans ses cordes et en tire une triste complainte.

L'histoire m'avait profondément impressionné. J'avais la gorge sèche et les yeux brûlants.

– Maître, c'est donc vrai ? Il existe ?

– Oui, garçon. Il existe bel et bien. Je reconnaîtrais son chant entre mille, moi qui l'ai si souvent entendu quand j'étais enfant. Écoute-le donc. Quel triste chant...

– Et tous ceux qui ont tenté de partir à sa recherche n'en sont pas revenus ?

– Sous ce manoir courent d'anciennes catacombes. Il est dangereux de s'y aventurer. Moi-même autrefois m'y suis essayé. J'avais à cœur de retrouver le chef-d'œuvre de mon père. Bien mal m'en a pris. J'en étais tout près. Tout près. Il me guidait. Et puis... l'accident. J'ai glissé. Un miracle. J'en ai réchappé de justesse. J'ai revu la lumière du jour après l'horreur des ténèbres. À quel prix...

Il secoua la tête, accablé.

– Tu devrais rentrer, garçon, dit-il soudain. Il se fait tard. Et ne t'approche plus jamais du puits. Jamais.

– Le violon s'est tu.

– Oui. Il ne chante jamais bien longtemps, et il faut une oreille très exercée pour l'entendre. Oublie tout ceci. Le Prince Darkshore, le prince d'ébène, que cela ne reste pour toi qu'une légende. Oui, une simple légende. Bonsoir garçon. À demain. Le grand jour du concours approche. Il faut fourbir nos armes.

Je le quittai à regret. La nuit referma sur moi son étreinte glacée.

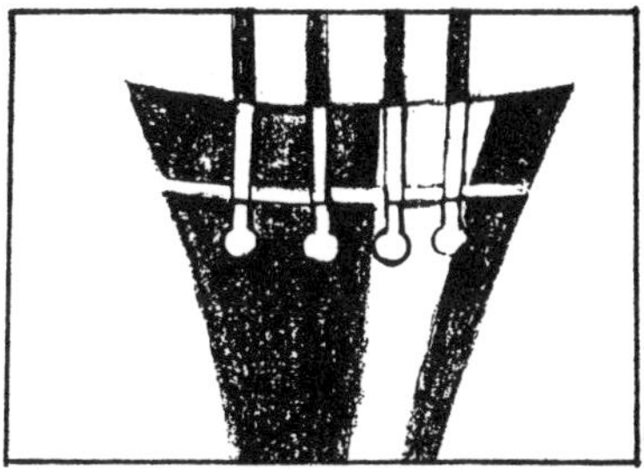

GUET-APENS

Nous étions fin mars et le rude hiver relâchait enfin son étreinte. Les congères fondaient peu à peu, transformant les chemins en champs de labour. J'avais un peu perdu de vue Perry et Fran. Ils me manquaient. L'austérité de mon apprentissage me laissait peu de loisirs. Sitôt que je disposais d'un peu de liberté, je m'arrangeais pour bavarder avec eux. Ils me questionnaient sur mon maître et ses méthodes. Fran m'enviait. Il faut dire qu'à l'approche du concours, le caractère du maestro Konius s'aigrissait de plus en plus, et les fréquentes visites de M. Simpleton n'étaient pas pour lui apporter la sérénité. Ce dernier venait surtout s'enquérir de Malcolm. Il n'accordait guère d'intérêt aux autres élèves. Et Fran ajoutait :

– Il le prépare comme un cheval de course avant l'épreuve. Le soir, ils répètent ensemble dans le bureau. Je me demande s'il n'a pas fait un pari sur la victoire de son protégé. Peut-être avec ton professeur, qui sait ?

Je doutais fort que ce fût dans la nature de Chapell de se livrer à pareil jeu, mais il ne faisait aucun doute que les deux hommes se livraient une guerre à distance, par élèves interposés. Et j'avais l'impression qu'elle dépassait le simple enjeu artistique, sans parvenir pour autant à déterminer la nature du conflit sournois entre les deux hommes.

Depuis quelque temps, Malcolm semblait ne plus m'accorder le moindre intérêt. Sans doute était-il, comme les autres, de plus en plus préoccupé à l'approche de l'échéance. Il travaillait comme un forcené. Il n'était pas rare de le voir répéter dans le parc, des heures durant. Régulièrement après l'extinction des feux, il se glissait hors du dortoir, son étui à violon sous le bras. Il ne faisait aucun doute qu'il partait suivre les cours privés du directeur. Si d'aventure nous nous croisions, il m'ignorait délibérément. Quelque chose dans son regard me disait pourtant qu'il n'avait pas perdu tout espoir de se venger de moi.

Un soir, tandis que je revenais des cuisines où j'avais grignoté un quignon de pain, je surpris un bien étrange conciliabule entre M. Simpleton et Malcolm. Ils semblaient au bord de la dispute. La discrétion aurait sans doute voulu que je m'éloigne sans chercher à entendre ce qu'ils disaient mais ce fut plus fort que moi. Je me tapis dans un angle du mur.

– ... Vous m'aviez dit qu'il m'appartiendrait avant le concours, vitupérait Malcolm. Vous aviez promis que nous irions le chercher ensemble. Pourquoi attendre davantage ?

– Il faut encore patienter, Malcolm, répondait le directeur. Des obstacles subsistent... Désormais, nous ne sommes plus les seuls en lice. Ce jeune Sparren, tu ne dois pas le sous-estimer. Je hais Chapell de toute mon âme. Mais je dois lui reconnaître du flair. Il connaît nos projets, et il s'efforce de les contrecarrer.

– J'en ai assez d'attendre. J'agirai seul, avec ou sans votre consentement.

– Tu ne feras pas ça. Je n'ai pas attendu aussi longtemps pour que mes espoirs soient réduits à néant par ta sottise ! N'oublie pas, Malcolm. Tu n'es que le prolongement de ma pensée, de mes actions... Tes doigts sont les miens. À travers eux, je tiendrai ma revanche...

– Mais que cherchez-vous à la fin ? Je suis fin prêt. Je...

Simpleton considéra le jeune homme avec une expression si menaçante que celui-ci parut se ratatiner sur lui-même.

– Toi, tu ne penses qu'à gagner le concours ! Ce n'est pas cela qui est important. Ce qui est important, c'est que tu puisses dompter le Prince Darkshore. Oui, parfaitement, le dompter, comme on le fait d'un animal sauvage !

Malcolm devint livide.

– Vous... Vous êtes fou ! s'écria-t-il en prenant la fuite.

Le directeur resta seul au milieu du couloir. Pendant un instant, j'aurais juré que son ombre s'allongeait derrière lui démesurément. Il fit soudain volte-face, lançant à la ronde un regard soupçonneux. Avait-il deviné ma présence ? Je reculai dans l'obscurité, le cœur battant. J'entendis son pas décroître, et je crus être tiré d'affaire. Je m'aventurai hors de mon repaire. Je fis un bond.

– Bonsoir, M. Sparren. Prenez garde à ne pas prendre froid. Il y a des courants d'air dans ces vieux couloirs. Vous pourriez... tomber malade !

Simpleton avait brusquement surgi devant moi. Il me fixait avec une méchanceté qui me fit passer un frisson dans tout le corps. À cet instant précis, une voix familière retentit à l'autre bout du couloir :

– Bonsoir, Simpleton. Je cherchais justement mon élève. Je suis ravi de voir que vous l'avez retrouvé…

Le directeur se figea. Un sourire mauvais étira ses lèvres fines :

– Vous devriez lui apprendre à ne point espionner, Chapell. C'est un défaut qui pourrait lui être fatal. Un garçon si… fragile.

– Je lui ferai la leçon, répondit Chapell sans s'émouvoir. Mais en attendant, je vous conseille de le laisser aller.

L'espace de quelques secondes, les deux hommes s'affrontèrent du regard. Puis le directeur se tourna vers moi et me caressa les cheveux avec une fausse sollicitude.

– Au fait, puisque nous y sommes, Sparren, j'espère que vous n'avez pas l'intention de vous présenter au concours avec votre abominable crincrin ?

– Bien sûr que si, répondis-je vivement.

– Je m'y oppose, Sparren. Il est hors de question que vous infligiez à Sa Majesté la Reine les gémissements de votre instrument. Je n'ai pas pour habitude de revenir sur mes décisions. Est-ce bien compris ?

– Parfaitement, répliqua Chapell en posant une main sur mon épaule.

– Je vous souhaite le bonsoir.

Je tremblais de rage.

– Vous l'avez entendu ? Pourquoi n'ai-je pas le droit de participer comme les autres au concours ? Vous auriez pu...

Chapell m'attira doucement à lui, sans quitter des yeux la haute silhouette qui s'éloignait dans l'obscurité.

– Du calme, garçon. Ton indélicatesse de ce soir aurait pu te coûter plus cher. Tout n'est pas perdu. L'avenir apportera peut-être une solution.

– Mais le concours a lieu dans deux semaines !

– Ne perds pas espoir.

Les jours suivants, Chapell se comporta comme si rien ne s'était passé. Il fut encore plus attentif à mes progrès et m'entoura de tous ses soins. Pourtant, lorsqu'il m'arrivait de l'observer à la dérobée, je remarquai plus d'une fois son expression inquiète, son regard rêveur. J'avais le sentiment qu'il reculait devant une importante décision à prendre. Pour ma part, je n'avais plus le cœur à rien.

La date fatidique approchait à grands pas. Les invitations avaient été envoyées et, entre deux répétitions, les élèves avaient pour tâche de décorer le manoir de guirlandes et de lampions. La salle choisie pour la joute n'était autre que celle où enseignait le maestro Konius, avec ses boiseries sculptées et son acoustique ample et chaleureuse. Les sièges étaient disposés autour d'un podium central où défileraient les candidats. Inutile de dire que j'observais ces préparatifs avec amertume, sans y prendre part. L'injustice dont je m'estimais victime me rongeait le cœur. Je n'en dormais plus. De quelle façon pouvais-je inverser le cours des événements ?

Ce fut la veille du concours que le drame se déclencha.

J'avais eu tort de croire que Malcolm avait renoncé à me nuire. J'étais pourtant hors course. Il n'avait plus rien à redouter de moi. Mais j'avais compté sans son désir de revanche.

Il pleuvait abondamment ce soir-là. J'avais quitté mon maître plus tôt qu'à l'accoutumée, sous un prétexte fallacieux. En fait, j'étais si morose, si désemparé, que je n'avais qu'une envie, rester seul. Jusqu'au dernier moment, j'avais espéré un miracle. Mais rien ne s'était produit. J'en voulais à Chapell, à Simpleton, au monde entier.

Alors que je me pressais sur le chemin désert qui longeait le parc, mon étui à violon serré contre moi, trois silhouettes sombres jaillirent soudain des fourrés et m'encerclèrent. Je me figeai, le cœur battant.

– Bonsoir, bouseux ! Où files-tu comme ça ?

Malcolm était accompagné par deux gaillards que j'avais souvent vus traîner avec lui. Ils ne cachaient pas leurs intentions belliqueuses. Je sentis que j'étais en mauvaise posture. Des yeux, je cherchai du secours. Au second étage du manoir, la fenêtre du directeur était éclairée. Fut-ce une illusion, ou crus-je le distinguer un bref instant, en partie caché derrière la tenture ?

– Tu crânes moins quand tu n'es pas sous un jupon de fille, ou que l'infirme n'est pas avec toi !

– Laisse-moi passer, Malcolm. Nous n'avons rien à nous dire.

– Crois-tu ?

J'essayai de forcer le passage, mais d'une bourrade, il me repoussa en arrière. Je perdis l'équilibre. Aussitôt, les deux autres se jetèrent sur moi. Ils me saisirent par le col et m'obligèrent à me relever. Malcolm s'approcha jusqu'à ce que nous nous trouvions nez à nez :

– Tu es trop présomptueux, bouseux. Tu voudrais Fran pour toi, et aussi le Prince

Darkshore ? Tu n'auras ni l'une, ni l'autre. Tu as perdu. Il va falloir payer. Avant que tu ne retournes chez toi, demain, je veux te laisser un souvenir !

Il me décocha un solide direct dans l'estomac, puis un autre sur la tempe. Immobilisé par ses acolytes, je fus dans l'incapacité de me défendre. Je fus jeté au sol, bourré de coups de pieds. Je n'avais pourtant qu'une idée : protéger mon violon. Aussi m'exposai-je courageusement à ce déluge, les dents serrées, étouffant mes cris. Mais je ne pus résister bien longtemps à ce traitement. Malcolm me saisit soudain par les cheveux :

– Tu aurais dû partir pendant qu'il en était encore temps, Sparren. Je t'avais prévenu.

Quand il m'arracha l'étui des mains, je ne pus que tendre la main en une douloureuse supplique. Il éclata de rire, sortit mon violon, et le fracassa contre un arbre. Mon pauvre instrument rendit l'âme dans un arpège de notes discordantes qui me brisèrent le cœur. Non content de ce traitement, Malcolm le piétina jusqu'à le réduire en miettes.

À cet instant précis, une ombre s'interposa, surgissant de l'obscurité. Une canne noueuse vint s'abattre sur les épaules de

Malcolm et des deux autres. Ils détalèrent aussitôt sans demander leur reste. Mais il était trop tard. Le mal était fait. Je ramassai les débris épars de mon violon, hébété, meurtri. Je n'avais même pas envie de pleurer. Mon désespoir était au-delà des larmes. Chapell s'agenouilla à mes côtés.

– Mon pauvre garçon, ne restons pas là. Viens. Il faut te soigner.

Il m'entraîna vers son logis. Il m'installa devant le poêle et recouvrit mes épaules d'une couverture. Puis il sortit une petite trousse de soins et s'empressa de nettoyer mes plaies. Il ne put s'empêcher de faire la grimace. J'étais en piteux état, maculé de boue et de sang. Durant tout ce temps, je n'ouvris pas la bouche. À peine si je me crispai sous la piqûre des antiseptiques. Je tremblais de tous mes membres, serrant les restes de mon instrument contre moi. Quand je fus pansé, Chapell vint s'asseoir à mes côtés, attentif et bienveillant, sans rien dire. Il dut s'écouler une bonne heure, avant que je laisse échapper les trois mots qui résumaient ma souffrance et mon désarroi :

– Tout est fini.

Comme soulagé, Chapell s'autorisa à allumer sa pipe.

– Non pas, garçon. C'est peut-être une chance inespérée.

– Comment pouvez-vous dire une chose pareille ! Je... Oh après tout, ça m'est égal. De toute façon, je pars demain. À quoi bon ?

– Il arrive que le destin nous force la main pour accomplir certaines choses. Nous sommes à la croisée des chemins. Tu participeras au concours, demain.

– Vous plaisantez, sans doute ?

– Jamais sur ce genre de choses. Écoute... Dehors...

Il me fallut plusieurs secondes pour discerner, à travers le fracas de la pluie et du vent, le murmure lointain, consolateur, du Prince Darkshore.

– C'est toi qu'il appelle dans la nuit. C'est depuis ton arrivée qu'il chante à nouveau. Il t'a choisi, toi. Oui, je crois que ce n'est pas le hasard qui t'a conduit ici, mais une force bien plus puissante. Écoute comme il joue... Reconnais-tu cet air ? N'est-ce pas cette *Valse* de Palkushi que tu aimes tant ?

Je ne sus si je tremblais de peur ou d'émotion. Chapell poursuivit :

– Si tu possédais le Prince Darkshore, crois-tu que quelqu'un pourrait t'empêcher de te présenter au concours ?

Je secouai la tête, incrédule.

– Comment réussir là où vous-même avez échoué ? Et il reste si peu de temps...

– Mais c'est ta dernière chance. Malcolm a commis une lourde erreur en brisant ton violon. Il te met le dos au mur. Je répugnais à prendre cette décision, mais il m'y contraint. Je vais te conduire jusqu'au Prince Darkshore, garçon.

– Vous feriez ça ?

– Comprends-tu enfin ce qui se joue, garçon ? Le Bien contre le Mal, tel est le véritable enjeu. Simpleton a misé gros sur ce misérable brigand de Malcolm. Il ne s'agit pas seulement d'une question d'honneur, non, cela va bien au-delà. Bien au-delà, crois-moi...

Un éclat étrange brillait dans le regard de mon maître. Qui sait si... Je ne sais quel vertige s'empara de moi. Durant un instant, je ne vis plus en Hyeronimus Chapell qu'un infirme repoussant, aigri par l'échec et obsédé par l'espoir d'une revanche sur le mauvais sort. Je me levai d'un bond, hors de moi.

– Depuis le début, vous vous servez de moi. Vous espérez que j'irai chercher le violon et que je le ramènerai, que je réussirai là où vous avez échoué... Voilà pourquoi vous m'avez pris comme élève !

– Mais non, garçon, c'est que...

– Simpleton et vous, vous êtes pareils ! Vous voulez posséder le Prince Darkshore.

Vous vous faites la guerre à travers des idiots comme moi, comme Malcolm. Ça suffit. Je m'en vais. Je ne veux plus vous revoir. Jamais !

Chapell était livide, accablé par mes reproches. Il voulut me retenir. Je me dégageai avec brusquerie et partis en claquant la porte. Désespéré, je trouvai refuge sous un porche. J'étais là depuis un bon moment, à contempler l'averse, méditant sur mes rêves brisés, quand je sentis la porte s'ouvrir derrière moi.

– Luther ?

Je tressaillis. Fran se tenait là, sur le seuil, en chemise de nuit.

– Qu'est-ce que tu fais ici ? demandai-je.

– Je te cherchais ! La nouvelle a vite fait le tour de l'Académie. Malcolm ne s'est pas privé de se vanter de son exploit...

– Ça ne fait rien. De toute façon, la partie était déjà jouée.

– Je suis vraiment désolée pour ton violon. Tu dois en parler à M. Simpleton dès demain. Il ne peut quand même pas laisser passer ça.

– Simpleton est complice. Ou c'est tout comme. Il pousse Malcolm comme un pion sur un échiquier. Et Chapell fait de même avec moi.

– Qu'est-ce que tu racontes ?

– La vérité.

– Voyons, Luther, comment peux-tu ? ... Bon sang, tu es salement amoché.

Je haussai les épaules.

– De simples écorchures. Chapell m'a soigné. Mais c'est la dernière chose qu'il fera pour moi. J'ai compris son jeu. Je pars dès demain.

Elle me fixa droit dans les yeux.

– Mais Luther, tu ne peux pas, enfin ! Et le concours ? Si près du but, tu renoncerais à jouer ta chance ?

– Je n'ai plus de violon, Fran ! Comprends-tu ? Simpleton m'avait déjà fait savoir que je n'aurais pas le droit de me présenter sans un nouveau violon. Je n'ai pas voulu t'en parler avant, mais...

– TU AS UN NOUVEAU VIOLON, Luther. Écoute, j'ai bien réfléchi et j'ai pris une décision. Ce serait trop bête de gâcher ta chance. Je ne suis pas la seule à penser que tu peux gagner le concours. Perry aussi en est convaincu, et beaucoup d'autres. Quand tu joues, il se passe quelque chose... On appelle ça... la grâce, je crois... J'ai décidé de te confier mon violon. C'est un bon instrument et avec lui tu gagneras.

Je la fixai, incrédule.

– Mais tu es folle ! Tu sais ce que ça signifie ? Chaque candidat doit avoir son propre violon. Tu renoncerais à concourir ? Tu sacrifierais une année d'étude entière pour moi ?

– Je t'en prie, Luther. Accepte. Tu dois accepter.

– Mais je... je ne pourrais pas, c'est impossible. D'ailleurs, j'ai déjà décidé de partir. Ne fais pas cette tête. Je t'assure que c'est la meilleure solution. Simpleton avait au moins raison sur un point. J'ai perturbé tout le monde ici.

Elle s'écarta brusquement de moi.

– Luther Sparren ! Est-il possible qu'un si génial violoniste soit aussi une pareille tête de mule ! La vérité c'est que tu n'as pas le courage d'affronter Malcolm !

– Tu te trompes. Je n'ai pas peur de Malcolm.

– Alors tu dois savoir ce qui te reste à faire. Mon offre tient. À ta place, j'y réfléchirais. Bonsoir.

Elle me planta là et remonta dans sa chambre. Je restai un long moment à méditer. La fraîcheur de la nuit dut m'éclaircir les idées. Je me rendis compte que j'avais été injuste envers mon maître, et que j'avais agi comme un âne. Penaud, je retournai sur mes pas. Il y avait encore de la lumière dans la cave et j'en fus soulagé. Je trouvai Chapell dans l'une de ses postures favorites, planté sur sa main droite, jambes en l'air. Il feignit d'ignorer ma présence et poursuivit ses exercices.

– Maître... Je vous demande pardon pour tout à l'heure. J'étais si... si abattu... Une camarade... me propose de me prêter son violon pour le concours. Elle sacrifierait ainsi toute une année de travail pour moi... par amitié. Vous vous rendez compte ? Je ne peux pas accepter, n'est-ce pas ?

– En voilà une qui t'aime plus que tu ne le mérites, grogna Chapell, bougon.

Il se remit d'un bond sur ses pieds et s'étira à la façon d'un chat.

– Je ne peux pas accepter, répétai-je sur un ton résolu. Fran a travaillé dur. Elle est si près du but...

Chapell me considéra froidement.

– Je vois que tu as conservé un peu de fierté. Tu n'es donc pas complètement perdu.

– Maître, pensez-vous que nous aurions une chance dans les catacombes ?

Il se redressa et boitilla jusqu'à la table où il avait posé sa pipe.

– Une très bonne. Jamais je n'ai oublié l'itinéraire que j'ai emprunté. J'ai dessiné une carte. (Il tapota sa poche.) Elle est approximative, bien sûr, mais elle nous conduira au but.

Un sourire malicieux illumina son visage.

– Ta décision est prise ? As-tu bien réfléchi aux conséquences ? Au danger ? Peut-être ne pourrons-nous jamais remonter des basses-fosses.

– Je sais cela, maître, répondis-je d'une voix ferme et résolue.

– Alors ne perdons pas une minute. Le temps nous est compté !

CATACOMBES

Chapell écarta les étagères à vin qui condamnaient la vieille porte que j'avais remarquée lors de ma première visite.

– C'est l'un des passages secrets qui descend aux catacombes. Il en existe d'autres. Mais c'est celui-ci que j'ai emprunté jadis, à partir duquel j'ai établi mon plan. Darkshore avait pris la précaution de se ménager plusieurs issues secrètes, pour le cas où il devrait prendre la fuite un jour.

Chapell tira une clé de sa poche. La serrure grippée résista d'abord, puis avec un grincement rauque, le battant pivota sur ses gonds. Au-delà, ce n'étaient que ténèbres figées et hostiles. Une odeur pénétrante monta jusqu'à mes narines. Un escalier de pierre vrillait les sombres profondeurs.

Mon maître saisit une lampe, m'en tendit une autre, et s'appuyant sur sa canne, ouvrit la marche. Nous descendîmes avec prudence, longeant les parois suintantes d'humidité. Par endroits, je remarquai des excavations basses, creusées au ras du sol.

– Ce sont les geôles des Darkshore, m'avertit Chapell. C'est ici qu'on enfermait de pauvres bougres, pour le seul plaisir de les voir souffrir et implorer... Cette famille avait le Mal dans le sang. En cela, William Darkshore était son plus fidèle rejeton. Et par bonheur, le dernier...

– Cet homme était donc un monstre !

– Pire que cela. Bien pire. C'était le Diable, garçon ! Le Diable...

– Pourtant, il a fondé cette Académie ?

– Cette généreuse donation faisait partie d'un plan bien établi.

– Dans quel but ?

– Mieux vaut regarder où tu mets les pieds.

Chapell refusa de m'en dire plus.

L'air devint âcre, difficile à respirer. À mesure que nous nous enfoncions dans les entrailles du manoir, l'architecture se modifiait insensiblement. Aux sinistres cachots, aux couloirs lugubres entrecoupés de paliers, succédaient peu à peu des galeries grossièrement taillées, non plus par la main de l'homme, mais par le caprice de l'érosion. J'éprouvais le sentiment de remonter le temps, jusqu'aux origines de ce lieu funeste.

– Nous voici dans les catacombes. Elles existaient bien avant que le manoir fût construit, commenta Chapell. On prétend qu'elles étendent leurs ramifications sous la ville entière. Mais personne n'a été assez sot pour le vérifier. C'est ici que les générations précédentes jetaient leurs morts.

Tout en parlant, il balisait régulièrement notre passage par des marques de craie bien visibles. Au détour d'une galerie, je laissai échapper un cri : un squelette nous barrait le passage, fixant sur nous ses orbites vides. De surprise, je heurtai la paroi.

– Si j'étais toi, garçon, je m'écarterais de ce mur...

Et levant sa lampe, Chapell éclaira non sans humour ce qui se révéla être un bâti de crânes et d'ossements qu'avaient cimentés avec le temps les écoulements calcaires. Je fis un bond. Nous étions dans une galerie constituée de débris humains !

– Garçon, qui dit catacombes...

Sur ces mots, il tira son plan de sa poche et tendit sa main droit devant nous.

– C'est par ici. Poursuivons.

Nous nous engageâmes entre deux murailles de cauchemar, sur lesquelles nos lampes projetaient une clarté fantastique. La gorge sèche, je marchais sur les talons de mon maître. Nous descendions toujours. Nous atteignîmes une profondeur où le paysage n'était plus que l'œuvre des mouvements souterrains et de la lente décomposition des roches. Les sinistres vestiges humains eux-mêmes finirent par disparaître.

Notre route s'enlisa soudain dans une épaisse couche de vase.

– Maître, où sommes-nous ?

– Ce sont les galeries naturelles, garçon. Elles sont antérieures aux catacombes.

– Le Prince Darkshore est donc ici ?

– Non. Plus bas encore.

– Devons-nous traverser cette mare ?

– J'en ai peur.

Je considérai le marécage verdâtre avec répugnance. Par endroits, il s'étoilait de curieux remous. Chapell ouvrit la voie, sondant le fond avec sa canne. Nous nous enfonçâmes d'abord jusqu'aux genoux, puis le niveau monta rapidement jusqu'à la ceinture. Je grimaçai.

– Quelque chose m'a touché !

– Mais non, garçon, c'est ton imagination !

– Je vous jure bien que non.

– Avance.

C'était plus facile à dire qu'à faire. J'avais à présent le sentiment très net que quelque chose rôdait sous la surface, tout près de nous, guettant l'instant propice pour nous mordre les chevilles ! Chapell me tira par la main sur la terre ferme.

– Qu'est-ce que c'était ? demandai-je en frissonnant. Qu'est-ce qu'il y avait là-dessous ?

– Rien, garçon. Des grenouilles, sans doute.

– Des... grenouilles ? Ici ?

– Ces profondeurs abritent des espèces peu ordinaires.

En somme, je n'étais guère au bout de mes surprises. Nous traversâmes un glacis de roche jaune et lisse, puis Chapell s'arrêta pour s'orienter.

J'avais perdu toute notion du temps. Le monde réel, le monde de la lumière, me semblait appartenir à un rêve. Il faisait froid, humide. La buée sortait de ma bouche à chaque expiration. Mais pour tout l'or de la terre, je n'aurais pas rebroussé chemin. Je n'éprouvais aucune fatigue. Une excitation grandissante me poussait au contraire vers l'avant.

Nous atteignîmes l'intersection de plusieurs galeries également sombres et repoussantes. Chapell opta pour celle du milieu. Sous nos pieds, le sol inégal s'inclina soudain en pente raide, au point que nous dûmes nous retenir à la paroi. Alors que je tentais d'évaluer le chemin parcouru depuis le carrefour, il me sembla déceler un mouvement dans l'ombre, juste au-delà du cercle de ma lampe. Ce ne fut qu'une impression fugitive, que je mis d'abord sur le compte de mon imagination. J'avais entendu dire qu'un séjour prolongé dans le noir pouvait faire naître des visions. Mais un peu plus loin, le soupçon se transforma en certitude.

– Maître, quelque chose nous suit.

– Je sais.

– Vous savez ?

– Cesse donc de t'agiter. Va de l'avant.

J'obéis, non sans jeter de fréquents coups d'œil par-dessus mon épaule. Bientôt, une multitude de crissements furtifs se mêla à l'écho de nos pas. Cette fois, le doute n'était plus permis.

– Maître, je vous assure que…

– Oui, je sais garçon. Ce sont les rats.

– Des rats ? À cette profondeur ?

– En fait ils sont ici parce que nous y sommes, garçon.

– Quoi ? Ils… Ils s'en prendraient à nous ?

– Le mieux serait de ne pas avoir à leur poser la question !

Nous débouchâmes soudain au-dessus d'une rivière sombre qui s'écoulait silencieusement. Elle n'était large que de quelques mètres, mais la violence du courant nous interdisait de la franchir. Nous étions dans un cul-de-sac.

– On est coincés !

– Oui, j'ai dû me tromper d'embranchement, répondit-il d'un ton détaché. Ma mémoire n'est plus ce qu'elle était.

Je trouvai sa réaction affligeante, en regard du péril qui nous menaçait. D'inquiétantes masses sombres se pressaient déjà autour de nous. Des petits yeux blancs nous fixaient dans le noir avec convoitise. Jamais je n'avais vu des rats d'une telle taille ! Certains étaient aussi gros que des chiens ! L'un d'entre eux, sans doute le plus audacieux, ou le plus affamé, tenta de me mordre le mollet. Chapell lui donna un coup de canne en plein museau. L'animal détala.

Mais loin de calmer les autres, ce geste ne fit qu'exacerber leur agressivité. La lumière ne les effrayait nullement, et pour cause : ils étaient aveugles ! Ils nous localisaient par le seul odorat. Cette fois, ils nous donnèrent l'assaut en plus grand nombre. Une lutte féroce s'engagea. Je lançais des coups de pied. Chapell fouettait l'air de sa canne et touchait juste. Mais insensiblement, le piège se refermait. Dans un instant, nous aurions le choix entre finir dévorés ou noyés ! Affreux dilemme. Chapell regarda autour de lui, cherchant une issue. Un sourire lui vint aux lèvres.

– Brise ta lampe, garçon, c'est notre seule chance !

J'obéis sur le champ. Le pétrole se répandit sur le sol et une coulée de flammes orangées roula vers nos adversaires piaillant de dépit. Une écœurante odeur de poil grillé empesta l'air.

– Par ici ! cria le maître.

Avec une souplesse saisissante malgré son handicap, il se dégagea d'un bond sur notre droite. Son œil perçant avait décelé une entaille qui courait le long de la paroi. Nous nous y réfugiâmes. Le danger de progresser le long de cette lèvre de pierre au-dessus des flots inquiétants me parut moins grand que de poursuivre un combat inégal. Les rats eux-mêmes renoncèrent à nous imiter. Je sus gré à mon maître de m'avoir initié à la science de la gymnastique. Pas à pas, nous avancions, plaqués contre la roche froide. Au bout d'une vingtaine de mètres de ce cheminement périlleux, la corniche s'élargit enfin sous nos pieds. Nous débouchâmes dans une caverne hérissée de stalagmites. C'était un spectacle magnifique que cette forêt de pierre façonnée par les âges et le lent écoulement des eaux, qui étincelait de mille feux.

– Faisons une halte, décréta mon maître.

– Mais les rats ?

– Les rats ne viennent pas ici.

– Comment pouvez-vous l'affirmer ?

– Même les rats évitent l'endroit où nous allons.

Cela ne fut pas pour me rassurer.

– Allons, garçon, repose-toi.

Je m'assis sur une pierre plate, et me perdis dans de sombres réflexions. Le froid commençait à m'envahir malgré l'épaisseur de mon manteau de laine. La fatigue contractait douloureusement mes muscles. Mais surtout la peur devenait plus présente. L'aventure avec les rats nous avait fait perdre une lampe. Les ténèbres autour de nous semblaient plus denses, plus menaçantes que jamais. Quels dangers nous attendaient encore ? Je n'osai l'imaginer. Chapell posa sa main sur mon épaule :

– N'oublie pas, garçon. S'il arrivait que tu te retrouves seul... Je veux dire, s'il arrivait que nous soyons séparés, suis bien les marques de craie. Et prends ce plan. C'est ton sésame. Ce labyrinthe ne laisse aucune chance à ceux qui s'y égarent. Allons-y maintenant, nous ne sommes plus loin du but.

Nous reprîmes notre exploration. Sur notre passage, les rochers de gypse prirent des formes de plus en plus insolites. Les stalagmites devinrent plus hautes, plus acérées, au point que j'eus bientôt l'impression de me mouvoir entre les mâchoires d'un gigantesque carnassier, prêtes à se refermer sur nous.

Le grondement de la rivière toute proche nous parvenait encore. Au sortir d'un tunnel, un nuage d'embruns âcres nous prit à la gorge. Chapell leva la lampe. Nous nous tenions sur les rebords d'un abîme vertigineux, au fond duquel nous distinguions à peine le reflet du cours d'eau. La fureur avec laquelle se précipitaient ici les éléments donnait le frisson.

Chapell s'approcha du bord et observa en silence le tumulte des flots.

– Maître ? Que faisons-nous à présent ?

Il parut sortir de sa rêverie.

– Il y a un passage un peu plus haut, cria-t-il pour couvrir le fracas du torrent.

De fait, nous trouvâmes un mince pont

de pierre qui enjambait le ravin en amont. Il semblait bien frêle, comparé à l'abîme ouvert en dessous.

– Je passe le premier, annonça Chapell.

Pour la première fois, je crus lire la peur sur son visage.

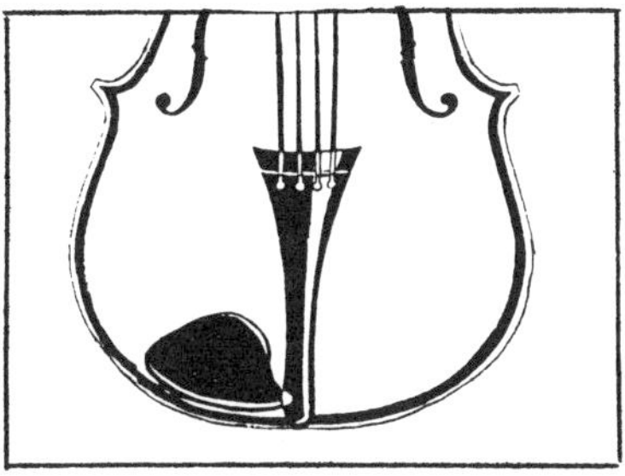

LE PRISONNIER DE LA NUIT

Nous traversâmes comme des funambules, aveuglés par les vapeurs qui montaient du précipice. À peine avions-nous atteint la rive opposée que nous l'entendîmes soudain. Le Prince Darkshore chantait dans la nuit. Comme sa complainte était nostalgique et prenante ! Elle évoquait l'appel douloureux d'une âme égarée, prisonnière d'un monde hostile, qu'il fallait à tout prix délivrer. Une force incontrôlée me poussa vers l'avant.

– Maître ! C'est par ici ! Venez !

Je lui pris la lampe des mains et fonçai droit devant moi. J'étais comme transporté. Cette voix était si proche, à présent. Elle murmurait à mon oreille, et je courais à ses devants, sourd aux cris de mon maître.

Dans ma folle hâte, je finis par m'étaler de tout mon long. La lampe se brisa et les ténèbres se refermèrent sur moi. Qu'avais-je donc fait ! Sans lumière, comment retrouver notre chemin ? Nous étions perdus...

Soudain dégrisé, j'appelai :

– Maître ! Où êtes-vous ?

Pas de réponse. Le violon s'était tu, lui aussi. Je voulus me redresser, retourner sur mes pas...

À cet instant précis, une vive clarté déchira l'obscurité. Chapell m'avait rejoint d'un bond, brandissant une torche. Sans doute, dans sa grande sagesse, l'avait-il emportée en prévision d'un accident de ce genre. Il m'attrapa par le col et me tira en arrière. La pierre s'effrita sous ma semelle. En une fraction de seconde, je compris l'étendue de mon inconscience : je me trouvais au bord d'un gouffre sans fond. Un peu plus et je basculais à jamais dans les ténèbres.

– Garçon, à force de te pencher au-dessus des puits, tu finiras par y laisser ta carcasse !

– Désolé, maître. Je ne sais pas ce qui m'a pris...

– Il faut prendre garde. L'écho de ces galeries est trompeur et peut conduire à la catastrophe. J'ai commis la même erreur, autrefois. Mais personne n'a été là pour me retenir. Il s'en est fallu de peu que je ne termine en bas.

La mélodie plaintive s'éleva à nouveau. Mais elle nous parvenait à présent étouffée, comme emportée par un vent contraire. Nous longeâmes la paroi noire et suintante sur une centaine de mètres, avant de découvrir une anfractuosité par laquelle le son semblait sortir.

– Là derrière ! Nous y sommes enfin, garçon. Tu es le plus mince, passe devant !

Je me glissai par la faille. Je n'avais plus peur. J'avais à présent l'absolue certitude que chaque pas me rapprochait du but. Jamais la musique n'avait été si distincte. Elle s'interrompit comme nous débouchions dans une vaste caverne. Autour de nous, les parois translucides réfractaient à l'infini la maigre clarté de notre torche dans une symphonie éperdue de couleurs. En levant les yeux, j'aperçus un lointain point lumineux, comme une étoile perdue dans le ciel.

– L'aube se lève, dit Chapell.

– Quoi ? C'est la lumière du jour ?

– Oui. Et si je ne me trompe, cette ouverture n'est autre que celle du vieux puits, dans le parc...

– Nous sommes vraiment bas. On la voit à peine...

– Allons, le temps presse.

La salle s'incurvait sous nos pieds, et nous découvrîmes un spectacle inouï, féerique. Par l'un de ces miracles artistiques dont la Nature seule est parfois capable, le gypse avait formé une cascade grumeleuse et figée dont la source se perdait dans l'obscurité de la voûte. Le violon reposait là, enchâssé comme un joyau sur une monture de cristal.

Je n'avais jamais rien vu de si beau, de si envoûtant.

Le Prince Darkshore. Il était tel que Chapell me l'avait décrit, noir comme la nuit, noir comme la robe de ces étalons sauvages qui galopent librement dans les collines, avec cependant des reflets de braise sitôt qu'une clarté l'effleurait. Devant un tel trésor, je sombrai dans une extase profonde. Non, jamais plus magnifique instrument n'avait été enfanté par les mains d'un luthier. Je regardai mon maître. Son visage rayonnait, mais son regard restait voilé d'une indicible mélancolie.

– Va, Luther, dit-il d'une voix serrée. À toi de le délivrer, à présent.

J'avais la gorge nouée. Je tendis ma main tremblante. Le contact du bois était doux, soyeux, comme le cuir d'un animal. Mes doigts se refermèrent sur le manche.

Aussitôt, comme sous l'effet d'un charme, l'écrin de gypse vola en éclats. Quelle impression extraordinaire de tenir ce joyau noir ! Mon premier geste fut de l'épauler, et, levant l'archet, j'égrenai le premier motif de la *Valse* de Palkushi. À peine si j'avais l'impression d'effleurer les cordes. La sonorité d'or et de soie me transportait au-delà de l'univers. J'aurais voulu que cet enchantement ne prît jamais fin. Mais Chapell me rappela à l'urgence des réalités.

– Allons garçon ! Il est temps pour nous de revoir le jour. Tu ne voudrais pas que nous arrivions en retard pour le concours ?

– Non, maître. Non, bien sûr.

Nous revînmes sur nos pas. Je n'éprouvais plus ni peur, ni fatigue. Je serrais le Prince Darkshore contre moi. J'avais peine à croire que je ne vivais pas un rêve. Le fracas du torrent se chargea de m'en convaincre. Il fallait songer à nous en retourner, et la tâche s'annonçait difficile.

Nous venions d'atteindre le pont lorsque Chapell s'immobilisa soudain. D'abord, je ne compris pas ce qui se passait. Puis une indicible terreur s'empara de moi : sur l'autre rive, une haute silhouette en habit de chasse rouge s'était détachée de l'obscurité et s'avançait vers nous. Était-ce un fantôme surgi du passé ? Ou par quelque magie, le portrait de William Darkshore avait-il pris vie ? Je sentis mes cheveux se dresser sur ma tête. Non, l'homme était bien réel, et nous barrait le passage.

– Je m'étais promis que nous réglerions nos comptes un jour ou l'autre, Chapell ! dit-il. Et je savais que ce serait forcément ici. Une fois ne t'a pas suffi, vieux bouc. Il aura fallu que tu tentes à nouveau la chance. Cette fois avec cet enfant ?

Mon maître leva sa torche. Son visage naturellement blanc devint crayeux. Je poussai un cri :

– M. Simpleton !

– Non pas, garçon, répondit Chapell. Oliver Simpleton n'est qu'un nom d'emprunt. Je te présente William Darkshore, l'être le plus malfaisant que ce pays ait jamais vu naître. Je n'ai jamais cru à la légende selon laquelle il avait péri en terre étrangère après sa fuite précipitée de Balmour. Non. Il disposait d'appuis trop puissants pour finir ainsi sa méprisable carrière.

Le terrible personnage éclata d'un rire sinistre.

– Oui... Oui, c'est bien cela, vieux bouc. Je savais que tu m'avais percé à jour. Je me demandais quand tu oserais enfin te mesurer ouvertement à moi.

– Il me suffisait d'attendre que vous vous démasquiez, Darkshore. Je me doutais que vous voudriez reprendre votre revanche sur le violon, sitôt que vous apprendriez qu'il était toujours intact.

– J'ai juré que quelqu'un de la lignée des Darkshore en jouerait un jour, qu'il briserait le charme.

– Malcolm appartient donc à votre famille ?

– Le sang des Darkshore coule en lui par sa mère, ma très jeune sœur, qui a épousé M. Fraser, l'ambassadeur. Je l'ai formé depuis son plus jeune âge. J'en ai fait un virtuose hors pair. Oui, tout ce temps, je lui ai inculqué une discipline de fer, une technique sans faille. J'ai fait de Malcolm mon disciple. Mieux : mon fils spirituel. Il n'éprouve ni sentiment, ni bonté. Son jeu est froid, méthodique. Et bientôt, il fera du Prince Darkshore l'instrument du Diable en personne ! Il soumettra ce violon rebelle, il le pervertira jusqu'à lui faire rendre l'âme. Car je hais ce violon. Je le hais comme je n'ai jamais haï homme ou animal. C'est ainsi que j'ai décidé de me venger de lui, puisqu'il semble que je ne puisse pas le détruire...

– Vous êtes fou, Darkshore. Le violon vous a rendu fou.

Les yeux du vieillard s'agrandirent. Une grimace de cruauté tordit ses lèvres souillées de bave.

– Rendez-le moi ! Il m'appartient ! Je l'ai payé d'une vie !

– Jamais ! criai-je.

Darkshore émit un rire grinçant.

– Dis-lui, vieux bouc, ce qui vous attend si vous tentez de vous dresser contre moi. J'ai déjà tué ton père. Si tu tiens à ce garçon, dis-lui d'être raisonnable. J'ai veillé sur ce violon en attendant que Malcolm soit de taille à l'affronter. Et l'heure est venue. Ceux qui ont tenté de s'en emparer n'ont jamais revu la lumière. À vous, je vous donne une chance...

Mon maître me repoussa fermement en arrière. Son visage n'exprimait qu'une froide détermination.

– Mon père a cru à vos promesses. Nous savons ce qu'il est advenu de lui. Vous n'avez aucune intention de nous laisser partir. Nous sommes devenus trop gênants. Ce garçon a délivré le violon. Il lui appartient désormais.

Il ajouta à voix basse à mon intention :

– N'oublie pas de suivre les marques de craie et sers-toi du plan. Prends la torche. Et voici des allumettes et une bougie. Le retour ne sera pas aisé. Mais tu as le plus fidèle allié que l'on puisse rêver.

– Et vous, maître ! Vous ?

– Ma route devait s'achever ici. C'était écrit. Reste en arrière. Dès que le passage sera libre, entends-tu, dès qu'il le sera, file et ne te retourne pas.

Mon maître me donna une tape amicale sur l'épaule et s'engagea sur le pont. Il n'était qu'à mi-chemin lorsque Darkshore se jeta sur lui. Si âgé qu'il fût, il semblait doué d'une force prodigieuse. L'empoignade fut terrible. Agrippés l'un à l'autre, ils se livrèrent un combat sans merci. Chapell avait conservé sa canne et tentait d'en frapper son adversaire. Mais elle lui fut arrachée. Son bras gauche paralysé le handicapait considérablement. J'aurais voulu agir, tenter de lui apporter un secours quelconque. Mais c'était chose impossible. Le pont s'effritait sous le piétinement des deux antagonistes. Chapell fut pris à la gorge et renversé.

Hélas, ce qui devait arriver se produisit : sous la violence des secousses, l'arche de pierre céda soudain. En un ultime effort, Chapell parvint à se tourner vers moi et cria :

– N'oublie pas, garçon ! N'oublie pas les marques !

Et il disparut, entraînant Darkshore

dans l'abîme brumeux. Muet d'horreur, je me penchai au-dessus du vide, tentant de distinguer quelque chose. En vain. Tout était fini. À présent, je ne devais plus songer qu'à me sauver moi-même, afin que le sacrifice de Hyeronimus Chapell n'eût pas été consenti en vain.

Le pont était coupé. Mais je n'allais pas me laisser rebuter pour si peu. J'évaluai rapidement la largeur du précipice. Sans me donner le temps de réfléchir, je pris mon élan et bondis dans les airs. Je parvins de justesse à me rétablir de l'autre côté. Je n'avais plus qu'une hâte à présent : retrouver la lumière du jour.

Combien fut cruel ce retour ! Les larmes me vinrent souvent aux yeux, en songeant que j'avais suivi ce même itinéraire en compagnie de mon maître, un peu plus tôt. Je dus bientôt faire face à une autre préoccupation. Sans doute alertés par leur odorat subtil, des rats avaient retrouvé ma trace. Leur nombre croissait à vue d'œil. Je pressai le pas. Mais la lassitude, le chagrin, ralentissaient mon allure. Je me retrouvai rapidement encerclé, et si je n'avais eu l'idée de me réfugier au sommet d'un rocher, nul doute que j'eusse été dévoré tout cru. La tenaille se referma. Cette fois, j'étais seul. Je n'avais plus d'aide à espérer de personne. C'était la fin. Les rats le savaient. Ils n'essayaient pas de prendre mon refuge d'assaut. Ils se contentaient d'attendre le moment propice, où, vaincu par la fatigue, je tomberais parmi eux.

Je m'assis, partagé entre colère et détresse. Soudain, les paroles de mon maître me revinrent en mémoire. N'avait-il pas affirmé que mon violon serait désormais mon meilleur allié ?

Guidé par une étrange inspiration, je saisis le merveilleux instrument et, les yeux clos, je me mis à jouer l'une de ces mélodies champêtres qui évoquaient les montagnes de mon enfance, le grelot des brebis dans les pâturages et la douceur du vent du soir. Je songeai à mon père resté au pays, à Fran et son sourire d'ange...

Quand je rouvris les yeux, je fus saisi d'étonnement. Je ne crois pas que les rats aient jamais possédé une oreille musicale, mais je suppose que le son du violon avait dû agir sur eux à la façon d'un hypnotique. Ils semblaient avoir sombré dans une sorte de léthargie.

Il me fallait risquer le tout pour le tout.

Je me laissai glisser à terre. Ils ne firent pas le moindre mouvement pour m'attaquer. Ils me fixaient avec leurs petits yeux blancs, tandis que je me frayais un passage parmi leur masse grise et apathique. Profitant de ce que l'écho semblait reprendre la mélodie à l'infini, je m'éloignai à pas de loup.

Grâce aux repères laissés par Chapell, je n'eus guère de mal à retrouver mon chemin. Ma seule inquiétude venait de la rapidité avec laquelle ma torche se consumait. Je dus découper des bandes de mon manteau pour prolonger sa durée de vie. Grand fut mon soulagement de reconnaître l'étang. C'était signe que je ne m'étais pas trompé. J'avais suivi la bonne route.

Prenant grand soin de tenir mon instrument au-dessus de ma tête, je me coulai dans la vase jusqu'à la ceinture. Les rats me suivirent, et je ne fus guère importuné par les bestioles qui grouillaient dans ces eaux troubles. Ils m'escortèrent jusqu'au bas des escaliers. Là, je leur offris une dernière aubade, et poursuivis ma route. J'avais presque atteint la surface lorsqu'une silhouette se dressa brusquement devant moi. Je poussai un cri de surprise :

– Malcolm !

– Bienvenue, Sparren. J'attendais ton retour avec une grande impatience. Je ne saurais te dire combien je te suis reconnaissant. Toi et ce vieux fou, vous avez accompli la tâche à ma place. Maintenant, tu vas gentiment me donner le violon.

Ses yeux brillaient de convoitise.

– Ton oncle est mort ! lançai-je avec défi. Il est tombé dans le torrent.

À peine si la nouvelle le troubla :

– Cela m'est bien égal. Il était fou. Je n'ai jamais cru à ses histoires de violon enchanté. Je n'ai plus besoin de lui, à présent. Il m'avait promis le Prince Darkshore. Je suis un Darkshore, et il me revient de droit. Donne-le moi !

– Tu n'as aucun droit dessus. Écarte-toi.

– Je n'ai pas le temps de discuter, Sparren. Le tournoi va commencer dans peu de temps. On attend la Reine. Et j'entends remporter la palme. Rien d'autre n'est plus important à mes yeux que posséder ce violon.

– N'approche pas !

Il se jeta sur moi comme un fauve enragé et les forces me manquèrent pour lui résister. Il m'arracha mon précieux instrument des mains et m'envoya culbuter dans l'escalier. Je roulai sur les marches. La torche m'échappa des mains. Le sol sembla soudain se dérober sous moi. Je poussai un cri. Et tout devint noir.

LE CONCOURS

Quand j'ouvris de nouveau les yeux, j'étais transi de froid. Ma tête était douloureuse. Autour de moi, tout n'était que silence et obscurité. Je me redressai péniblement, luttant contre le vertige. J'avais fait une sacrée chute. Par bonheur, je n'avais rien de brisé. Où diable avais-je atterri ? Je craquai une allumette. Je me trouvais dans une cellule aux murs couverts de lichen. Il n'y avait pas d'ouverture, à l'exception d'un soupirail creusé haut dans la paroi, par lequel j'avais sans doute glissé pour me retrouver ici. Autour de moi, le sol était jonché de squelettes.

Je ne mis guère de temps à comprendre. J'étais prisonnier d'une de ces terribles oubliettes où les Darkshore aimaient autrefois jeter leurs victimes. Pendant un instant, mon découragement fut tel que je regrettai de n'être pas mort sur le coup. Qui saurait jamais que je me trouvais là, dans ce trou, quelque part sous le manoir ? L'épouvante me saisit. L'allumette me brûla les doigts. Je poussai un juron. L'obscurité m'avala de nouveau.

Que faire ? D'abord lutter contre la résignation. Faire fonctionner mon cerveau. Le soupirail était la seule issue. Je devais à tout prix trouver un moyen de l'atteindre. Il me vint l'idée qu'en rassemblant les ossements épars, je pourrais peut-être m'élever suffisamment. Malgré ma répugnance, je me mis à l'œuvre. J'obtins un tas d'un bon mètre de hauteur. Mais j'avais présumé de la solidité de cet édifice. Sous mon poids, il céda comme du bois mort et je me retrouvai les quatre fers en l'air, à pester contre le mauvais sort.

Je tremblai de rage à la seule pensée qu'en ce moment même, Malcolm fût en train de remporter le concours avec le Prince Darkshore. Je me cassai les ongles à vouloir gravir la paroi glissante. Peine perdue. Éreinté, les doigts en sang, je me laissai tomber dans un coin. Le doute s'emparait de moi. Jamais je n'arriverais à me tirer de ce mauvais pas.

Fut-ce un effet de mon imagination, il me sembla entendre de la musique et des applaudissements nourris. Par quel étrange effet d'acoustique pouvais-je les entendre si distinctement ? Étais-je donc si près de la surface ? Oui, il n'y avait aucun doute. Le tournoi avait commencé. Sans moi. Ainsi le plan longtemps mûri par Darkshore allait donc réussir, sans que personne pût s'y opposer ?

De colère, je donnai un coup de poing dans le mur. À ma grande surprise, la pierre bougea ! Transporté par un regain d'espoir, je rapprochai ma bougie. Les incessantes infiltrations d'eau avaient rendu la paroi complètement poreuse. Avec un peu de chance... Si seulement j'avais disposé d'un outil ! Je ramassai un os solide et me mis au travail, harcelant sans relâche le moellon défaillant. Une dizaine de coups furent suffisants pour le desceller et créer une brèche. Ce premier succès décupla mes forces. Je poursuivis mon œuvre, si bien qu'en moins d'une demi-heure, j'avais dégagé un passage suffisant pour passer la tête de l'autre côté. C'était un couloir, autant dire le chemin vers la liberté ! Chapell n'avait-il pas affirmé que d'autres passages secrets existaient ? Où menait celui-ci ?

Je dégageai rapidement les pierres qui obstruaient encore l'orifice et me glissai hors du cachot. L'écho des applaudissements me parvenait nettement. Je me dirigeai dans leur direction. Je ne tardai pas à sentir des marches sous mes pieds. Au bout de quelques vrilles, l'escalier se heurta à une porte voûtée, très ancienne, qui laissait filtrer un rai de lumière. Elle n'était pas fermée. Je la poussai, le cœur battant.

Quel ne fut pas mon soulagement de découvrir le décor familier du bureau du directeur ! Je me trouvai juste sous le portrait de William Darkshore. Je n'avais pas un instant à perdre. Je devais dénoncer les agissements de Malcolm et de son protecteur si cela était encore possible.

Je dévalai les escaliers festonnés de guirlandes et de lampions, bousculant tout le monde sur mon passage.

– Luther ! Luther ! Arrête !

On venait de me saisir par le bras. Je fis volte-face, prêt à me dégager par la force si nécessaire.

– Bon sang, dans quel état tu t'es mis !

Perry me dévisageait avec stupéfaction.

– Le concours est commencé ? demandai-je.

– Oui. Je suis recalé. Mais je m'en remettrai, je... Mais où cours-tu comme ça ?

– Il faut l'arrêter ! m'écriai-je.
– Arrêter qui ? Arrêter quoi ?
– Malcolm !
– Enfin, vas-tu m'expliquer ?
– Je n'ai pas le temps.
– Mais ça va être son tour !

Je fis irruption dans la salle de concert, m'attirant les regards désapprobateurs de la noble assemblée. Je n'en avais cure. Je me frayai un passage en jouant des coudes. Au premier rang, je distinguai une vieille dame vêtue d'une robe noire qui s'entretenait avec des messieurs à l'air docte et sévère. La Reine. Elle était mon seul espoir. Peut-être consentirait-elle à m'entendre ? Peut-être avais-je une chance de dénoncer l'injustice et le complot dont j'avais été victime et qui avait coûté la vie à mon maître...

Je n'étais plus qu'à quelques mètres d'elle quand je fus soudain saisi par le paletot.

– Sparren ! Vous voulez donc vous couvrir de honte devant la Reine, dans une telle tenue !

Maestro Konius me considérait avec une mimique de dégoût.

– Lâchez-moi, sinistre imbécile. Je dois parler à la Reine !
– Sparren ! Quel langage !

– M. Simpleton n'était pas M. Simpleton mais William Darkshore !

– William Darkshore ! Voyez-vous ça ! Quelle fable avez-vous donc été inventer ! Je me suis trompé sur votre compte, Sparren. Vous n'êtes pas un mauvais plaisant. Vous êtes un fou dangereux !

– Fichez-moi la paix !

– Venez par ici, méchant bougre ! Ne voyez-vous pas que l'on nous remarque ?

Me muselant d'un bras, Konius m'attirait déjà hors de la pièce quand Perry vola à mon secours. Fran l'accompagnait et quelques autres de ses amis. Devant leur insistance et par crainte du scandale, Konius fut bien forcé de me relâcher.

– Luther, s'écria Fran, je te croyais parti ! Personne n'avait plus de nouvelles de toi. Mais tu es blessé ? Que s'est-il passé ?

– Je n'ai pas le temps d'expliquer. Où est Malcolm ?

– Là ! répondit Perry d'une voix désolée.

Profitant de la confusion, Malcolm avait grimpé sur le podium. Il tenait le Prince Darkshore. Il salua la Reine, les invités. Le silence se fit. Il était trop tard. J'avais perdu. L'accablement me fit serrer les dents à les briser. Pris de curiosité, Konius ajusta ses lorgnons.

– Mais… quel est ce magnifique instrument ? s'étonna-t-il. Je n'ai jamais vu d'aussi beau violon. Et quelle étonnante couleur ? Ah, si vous aviez eu une telle merveille, Sparren, je suis certain que vous nous auriez étonnés… Quel dommage !

Malcolm s'était mis en position. Sa physionomie exprimait une orgueilleuse assurance. Il était sûr de sa victoire, ce scélérat ! Son archet glissa le long des cordes avec une suavité sans égale. Fran dut comprendre ma détresse, car sa main pressa la mienne. Mais rien en cet instant n'aurait pu me consoler. J'aurais voulu crier ma rage mais ma langue restait collée à mon palais. Je ne pouvais que contempler ma défaite, désolé et impuissant.

L'auditoire était aux anges. Des sourires de ravissement se peignaient sur les lèvres des jurés et la Reine elle-même semblait charmée. Mais il se produisit un événement imprévisible. Malcolm avait choisi une variation de Poulenbast mettant à l'épreuve son exceptionnelle virtuosité. Elle n'aurait pas dû lui donner le moindre souci. Pourtant, son archet dérapa soudain et il émit une fausse note.

Le public sursauta. On sourcilla, on s'interrogea, on se consulta… Puis il y eut un second lapsus, puis un autre et encore un autre. Un murmure parcourut l'assistance, au point que Malcolm dut s'interrompre. La stupeur marquait son visage. Il regarda son instrument avec incrédulité. Livide, il s'inclina devant la Reine et obtint la permission de recommencer. À partir de cet instant, la démonstration tourna au ridicule. Le violon n'émettait plus que des grincements affligeants, pénibles pour les oreilles. Malcolm ne contrôlait plus la situation. Il suait à grosses gouttes, déployant des prodiges de concentration. Des sifflets fusèrent du fond de la salle. Ce fut le début de la pagaille, à laquelle je crois que Perry et quelques autres élèves ne furent pas étrangers. Cela huait et trépignait, si bien que l'entourage de la Reine commença à regarder dans notre direction.

Devant un tel tollé, Malcolm cessa de jouer, et pris d'une rage aveugle, brandit soudain son violon avec la volonté évidente de le fracasser sur le sol. Mon cri couvrit le tumulte :

– Non ! Ne le laissez pas faire !

Malcolm suspendit son geste. Il me dévisagea avec terreur. Sans doute me pensait-il mort. La Reine se leva et le silence s'instaura enfin :

– Va-t-on enfin m'expliquer ce que tout ce tapage signifie ? demanda-t-elle.

Je m'avançai, plein de déférence.

– Ce violon est le Prince Darkshore, déclarai-je, qui fut autrefois fabriqué pour William Darkshore, le seigneur de ce manoir. Mon maître, Hyeronimus Chapell, et moi l'avons retrouvé dans les catacombes, et j'affirme que ce garçon, Malcolm Fraser, me l'a volé.

L'étonnement fut général. Les regards allaient de Malcolm à moi, indécis.

– Il dit la vérité ! annonça une voix.

Tous, nous nous retournâmes. Un homme voûté se tenait à l'entrée de la salle. Il s'avança en claudiquant parmi la foule. Je n'en crus pas mes yeux : Chapell ! Était-ce bien lui ou son fantôme ? Ses vêtements étaient en lambeaux et son visage en sang. Comment avait-il survécu à la terrible chute, je l'ignorais. Mais c'était lui, en chair et en os. Il m'adressa un clin d'œil, puis, la mine grave, vint s'incliner devant la Reine.

– Votre Majesté, je suis porteur de sombres nouvelles.

– Maestro Chapell, répondit-elle, j'étais surprise de ne pas vous voir. Mais dans quel état êtes-vous ? Vous êtes blessé !

Chapell grimaça un sourire :

– Un accident, Votre Majesté. Une mauvaise chute.

– Qu'à cela ne tienne. Connaissez-vous ce jeune homme, maestro ?

Mon maître me fit signe d'approcher.

– C'est mon jeune élève, Luther Sparren.

Je baissai les yeux, rouge de confusion. Chapell se tourna vers l'assemblée médusée :

– M. Simpleton, directeur de cette Académie, a trouvé la mort. Mais je pense que le chagrin général sera de courte durée, quand l'on saura qui se cachait sous cette identité trompeuse : William Darkshore lui-même !

Un murmure de stupeur accueillit la nouvelle. Chapell demanda le silence.

– Cet enfant a dit vrai. Ce violon noir est bien le Prince Darkshore, et Malcolm Fraser l'a acquis par traîtrise. Que Votre Majesté empêche qu'il lui soit causé le moindre préjudice.

La Reine se tourna vers Malcolm, attendant qu'il se justifiât. Il semblait comme pétrifié, les bras ballants, le regard fou.

– Jeune homme, qu'avez-vous à dire pour votre défense ?

Sans un mot, il posa le violon à terre et s'éloigna comme un somnambule. Mais il n'alla pas loin. Konius le saisit par le bras et l'attira contre lui. Il n'opposa aucune résistance.

La Reine se rassit en agitant nerveusement son éventail.

– Voilà de sombres nouvelles en effet, maestro Chapell, qui viennent ternir une si belle journée de printemps consacrée à la musique. Plus tard, vous me fournirez de plus amples explications. Pour l'heure, nous devons désigner un vainqueur à ce concours... Quant à ce violon, qu'on l'emporte : il ne vaut guère mieux que d'être exposé derrière une vitrine tant il sonne faux.

Elle se pencha vers les jurés. Ceux-ci hochèrent la tête, embarrassés. Non sans roublardise, Chapell intervint à nouveau :

– Votre Majesté fait erreur, je pense. Le Prince Darkshore n'a pas de rival. Il sonne mieux que nul autre violon sur cette terre. Comme vous le savez, mon père le fabriqua jadis et le signa.

La Reine étouffa un petit rire :

– Certes, maestro. Je ne doute pas de la valeur de ce violon. Mais n'avez-vous pas entendu vous-même ses affreuses sonorités ?

– Il n'est pas donné à tout un chacun d'en jouer. Son maniement requiert une technique disons... particulière. Je puis vous en faire à l'instant la démonstration. Luther, mon garçon, voyons si tu as retenu quelque chose de ce que je t'ai enseigné.

Il m'encouragea d'un signe. Je montai sur le podium et ramassai l'instrument abandonné. Je l'épaulai, tremblant d'un bonheur inexprimable. D'ores et déjà, j'avais choisi le morceau que je désirais interpréter. Je levai mon archet et attaquai un rythme à trois temps. La *Valse* de Palkushi. La mélodie rêveuse s'éleva, d'une pureté sans égale. J'avais l'impression que l'instrument jouait seul. J'étais comme transporté dans un autre univers, bercé par ses sonorités diaprées. Mon archet allait et venait sans effort, caressait les cordes comme si elles étaient de soie. Jamais il ne m'avait été donné de produire un tel miracle. La dernière note envolée, un tonnerre d'applaudissements m'arracha à mon extase. Chapell me serra vigoureusement la main.

Je fus désigné à l'unanimité vainqueur de la joute, à l'issue de laquelle, ne pouvant contenir leur émotion, Fran et Perry me sautèrent au cou.

J'ajouterai pour conclure que Hyeronimus Chapell dirige aujourd'hui encore la fameuse Académie de Balmour, ayant succédé au détesté M. Simpleton, alias Darkshore. Il me raconta longtemps après qu'il avait réchappé à la mort dans le ravin en s'accrochant in extremis à une saillie. Je ne sais s'il faut croire sa version.

À vous d'en juger.